Ludwig Weibel

Den Wonnen des Unendlichen entgegen

Was Bist du denn, was Ich nicht Bin

Bibliographische Information der Deutschen Nationalbibliothek. Die Deutsche Nationalbibliothek verzeichnet
diese Publikation in der deutschen Nationalbibliographie,
detaillierte bibliographische Daten sind im Internet über
http://dnb.dnb.de abrufbar.

© 2021 Autor: Ludwig Weibel
Herstellung und Verlag:
BoD – Books on Demand, Norderstedt
ISBN 9783753459776

Ludwig Weibel

Den Wonnen des Unendlichen entgegen

Inhalt

1

Wer kann schon Strausseneier legen

1.1

Zur Zeit der Beharrlichkeit des Seins im Allgewissen trug es sich zu, dass Ich Mich einsam und allein gelassen fühlte von Mir selber in der unermessen Leere, Finsternis und namenlosen Stille, die Mich rings umgab. Nichts zu sein und absolut kein Gegenüber zu erfühlen war Mir unerträglich und despot geworden im unendlich um Mich her gebreiteten Gefühl. Da entschloss Ich Mich dazu, Mir ein Ebenbild zu schaffen mit denselben Qualitäten, Musterungen und Belebungen, wie`s schon seit je und je die Meinen waren. Ich nannte und erkannte es als Du und drängte darauf, es mit all dem füglich und genüglich auszustatten was Ich selber innehatte, resolut und zukunftsträchtig, vertrauensvoll und wahr.

1.2

Wer kann schon Strausseneier legen ausser dem, der dafür eingerichtet und geschult ist seit seinen Kindertagen. Genauso läuft es ab bei Mir, nur dass Ich dazu auserwählt Bin Welten zu kreieren und Mich ihrem Lauf zu widmen millionenschwer.

Gang und gäbe ist es bei Mir, dass das Tagewerk mit einem Wurf beginnt von überragender Präzision und Weite, die den guten Leuten radibutz das Wasser in die Augen treiben. Frisch und fröhlich geht es bei Mir zu und her seit Ich begonnen habe Meinem Sein das Wesen der Unendlichkeit hinzuzufügen. Das macht Mir keiner vor wie nach, der nicht von Mir belehrt und dazu ausersehen worden ist fantastisches zu leisten im bewundernswerten Götterheer.

Klagen sind bis jetzt bei Mir noch keine eingetroffen über Meine Art, die Lebensdinge darzulegen und ihnen Meinen Stempel aufzudrücken mit erstaunlicher Gewähr für Einigkeit und Frieden.

Ich weiss Mein Haus mit Pfeil und Birkenbogen wohl zu schützen und verteidigen, was Mir den Ruf von einem Grandseigneur und Gladiator der Bekömmlichkeit und Ruhmsucht einträgt von den Neidern Meiner monetären Situation.

Demnach gilt es für Mich tüchtig aufzuräumen und das Image aufzubessern, predigt der Banause, der sich sowieso nicht wohlfühlt in der Mitte Meines weltumspannenden Systems. Indem Ich Mich von Meiner Baisse erholt und neu auf Wohlverstand, Integrität und Fassung eingefuchst und eingerichtet habe, kann Mir keiner mehr mit einem Vorhalt in die Quere kommen. Alles, was Ich Bin, ist Lauterkeit und Frieden, köstlicher Beginn und wohlerwognes Ende, das Ich Mir verdient und biografisch bestens festgehalten habe. Nun mag kommen, was da will, Ich stehe wie ein Held auf hohem Sockel kühnlich lächelnd da und geniesse Meine Pose merklich aufgeräumt und siegbewusst im Wunderbaren. Meine Spiele sind gemacht und Meinen Getons sieht man's an, dass sie auf unermesslichem Gewinn und Vorteil liegen, sinnfroh, glückberauscht, masslos verführerisch, intim und seinsgediegen.

1.3

Wert und Unwert sind in Meinem Kontext und Erfahren nimmer miteinder zu vergleichen, weil ihr Wesen götterlichte Züge trägt in Meinem Sinngedicht und dichtenden Gehaben.

Ich gebe dir Mein Wort darauf, dass sich Mein Selbsterfahren deckt mit dem was alle Himmelsgeister und geliebten der Allherrlichkeit beharrlich in sich tragen.

Das reine Sein ist es, dem sich die Mächtigsten wie die Geringsten unbedingt und friedevoll zu unterziehen haben. Mir ist es offenbar, was das bedeutet und dir will Ich`s mit regen Worten und Sentenzen genausogut voll Seele offenbaren. Die Gebiete Meines In-dir-Weilens sind bezeichnet mit den Namen: göttliche Gerechtigkeit, liebesseliger Divan und Heiterkeit des Himmels, die dich dazu animieren, in ihrem Duft und Strahlen zu verweilen ohne jeden Vorbehalt und mit der Wonne derer, die ihr Sein zutiefst begriffen und ergriffen haben.

Kannst du schlingen, schlinge dich galant und graziös um Meinen Fürstenthron und lasse dich von Mir auf jede Weise reiner Zärtlichkeit verwöhnen. Der geliebte Meiner Freundlichkeit und Gottesminne Bist du Mir geworden und darfst dich rühmen, mehr als Myriaden andere von Meiner Gunst und Güte, wie von Meinem Gnadenstrom zu zehren. Das stellt dich auf und stellt dich vor die Frage: was kann liebenswerter und begehrter sein als der Einfluss Meiner gutgemeinten und bewundernswerten Legionen.

Die Seinskonstante, hoch magnetisch aufgeladen, macht es wahr, dass alle Bürger, Bürgen, Knechte und Patrizier in Meinem Götterhause sehnlich nach Mir streben. Meines Willens Weisheit und Bewusstheit senkt sich gütevoll und zärtlich über sie und bereitet ihrem Wesen Seinsglückseligkeit, erfinderische Wohlfahrt, Friedefertigkeit und seelenvolle Harmonie.

1.4

„Over the Rainbow" kannst du nimmer mit beschuhten Füssen sein, um dir als Bekenner einen Drink zu holen. Du Bist in`s Wirkliche erhoben, von dem gesagt wird, dass da alles stimmt, was abläuft, derweil in deinem Umfeld und Gehaben sich das Illusorische ereignet in der Tat. Du denkst und bist dir nicht bewusst, dass es sich schon im Geisterraum ereignet, den Ich sylphenfein um dich gewoben. Du empfindest Freude oder grollst dem Rüpel der dich anstiess und vollbringst dies wiederum im Geiste, ungesehn.

Die gottbegnadeten Realitäten rings um dich bewirken, was du siehst und können dich ins Bockshorn jagen, ohne dass du ihnen beikommst mit noch so vielem Tuten und Trompeten. Immer Bin Ich es im Grund genommen, der da wirkt und seinem Wesen Ausdruck und Geschliffenheit verleiht in grandiosen wie in klitzekleinen Zügen.

Nun sollst du lernen, dich im Geistraum als in deinem ganz natürlichen und spiegelblanken Elemente zu bewegen, ohne Zweifel an der Dominanz von seinem Dasein und Revier. Du Bist in ihm und Bist in Mir in Gottesminne aufgehoben als in paradiesischen Gefilden, kunstvoll dich verströmend, stilgerecht und wahr.

Die Ernte, die du einfährst, ist rein geistiger Natur und kann dich merklicher befrieden als noch so viele Häppchen und Verlockungen beim wohlgekühlten Bier. Mein Konzept der überirdischen Belange gibt dir Sicherheit in Krisen und Beständigkeit im Auf und Ab der weltlichen Allüren. Was sich dir eröffnet ist der Vorsatz, dem du immer hintennach rennst, wie die Lösung aller Rätsel, die dich um dein wahres

Sein betrügen wollen. Wahrhaft konstruktives ist schlussendlich nur bei Mir zu suchen und im Übermass zu finden in der Zeichensprache, die Ich exklusiv für dich erfunden habe. Alles was von Mir kommt spricht dich innig an und verleiht dir das Statut von einem Seinserkennenenden in wissenschaftlicher Bravour und Bonität von Gottes vielbesungnen Gnaden. Reingefegt vom Irrtum ist Mein Boden und Meine Bodenständigkeit beschert dir Himmelsglück, elysische Behutsamkeit und figalantes Herzenswohl.

1.5

Quarantäne und kein Ende für den braven Bürger wie den Aufsichtsrat, die sich noch nie etwas zuschulden kommen liessen. Nun findet man die Schuldigen in rauhen Mengen durch Fiebermessung wie durch Tröpfchenanalyse und wehe, wenn sie ihren Makel auch nur im Geringsten zu verheimlichen suchen.

Geschwind, geschwind ins Bettchen mit dem Unheil, die gewohnte Unrast wird mit einem Schwick begraben und das Eingesperrtsein zur zermürbenden Priorität erhoben. Wer zuerst lacht und dann nimmermehr als der in seiner Ehre arg Gekränkte, der für nichts und wieder nichts gehorchen muss wie ein durchnässter Pudel, den man zum Trocknen in den Tumbler steckt, dass Gott Erbarmen mit ihm habe.

Aurora sieht die Welt in einem bodenständigen Furore, dem mit Vernunft nicht beizukommen ist, doch nur mit einer Seinsphilosophie, deren Zauber die entzückt, die je von ihm gerochen und gekostet haben.

Es gilt den Lebensfilm zurückzuspulen, um ihn mit neuen Perspektiven, Wünschbarkeiten und Bejahungen zu versehn, bevor er wieder in die Zukunft laufen kann und in ein Seinsvertrauen ohnegleichen. Offensichtlich kann der Schöpfergenius das, was er schuf, beileibe nicht verlassen und muss ihm jene Pflege und Begünstigung gewähren, die ihm auch gebührt. Das Weltall hängt in sich mit allem was da *ist* aufs Innigste zusammen und kann nie und nimmer einfach kläglich untergehn. Du Bist so wie Ich Bin das wahre Intermezzo zwischen zwei Unendlichkeiten, die sich vor und hinter dir in sagenhafter Sinnkraft, Zuversicht und Wendigkeit im unermessnen Sternenraum verbreiten.

Einsicht in das wahre Wesen deines Aufstiegs in Mein Reich erlöst dich vom gewöhnlichen und beschert dir eine delikate Daseinswonne, sanft und sicher, seelenvoll und sinngeladen.

1.6
Mir selber fremd Bin Ich des Weltbetriebes, dem Ich Mich devot ergab. Alles was Mir dort gehörte, gehörte doch nicht wirklich Mir, weil es sich verschachern und verkaufen liess, verbrennen und entwenden in der ungeheuren Rauferei des Lebens.

Wo immer Ich zu punkten schien, war aller Vorteil und Verdienst gleich wieder weggeblasen, wenn das Aufgeblähte sich als Baisse und Behinderung erwies.

Ich verlegte Mich aufs Suchen Meiner selbst in allen Richtungen und Regionen, die Ich Mir erdenken konnte und erfand Mir schliesslich nur die eine: zu Mir selbst in der Verlängerung von Meinen Lebensdaten. Mir begann Mein Sein bewusst zu werden, schnörkellos und fabelhaft in seiner Wendigkeit und Vielerfahrenheit, seiner Unverletzlichkeit wie seinem wonnevollen Wohl. Es zeigte sich in geistigen Strukturen, die sich nach und nach in Meines Wesens Sinnkreis schmiegten. Allgemach begann es da und dort die Leitung und Entschiedenheit zu übernehmen, die dem Leben Sinn und Sanftmut, Sicherheit und Seelenseligkeit verlieh.

Das war nun die ersehnte Landschaft, die Ich suchte, das Heil im Staat Elysien, in dem Ich wie aus einem Traum erwachte und die Wahrheit über Mich und Meine Rüstigkeit erfuhr. Meine Schöpferfähigkeit begann sich vehement zu regen und Ich verlegte Mich auf das Gestalten zauberhafter und gewinnender Kreationen. Männiglich sah ein, dass hier der wahre Menschenfortschritt sich eignete, wo aus dem Unsichtbaren das Entzückende und Zauberhafte sichtbar ward. Die Geistwelt offenbarte sich für jene, die nach ewig gültigem und fabelhaftem Ausschau hielten. Das ist nun ein Fact geworden das beglückte die versiert Gewordenen in Sachen Seinsgefühl aufs Allerhöchste und bestärkte sie in der Gewissheit, dass sich alles Leben auf dem besten Weg zur Seinserkenntnis, zur vollendeten Erhabenheit und Geistesgrösse, wie zur Einfalt in der Einheit allen Seins und Sinnens, frohgemuten Wimmens und unendlicher Glückseligkeit befand.

1.7
Ich will dich mit auf eine Reise nehmen mit überragendem Gewinn für deine Ansicht von den Lebenswelten, die Ich frank und frei mit dir durchfahre. Wir fangen füglich bei den heute noch

gebräuchlichen mit Pfiff und Donner, Konsterniertheit, Grabesstille, Mordlust, Seinsentzücken und Gewieftheit an und enden dort wo wir begonnen, doch mit höherer Bewusstheit und Erkenntnis in des Himmelslichtes Strahlen.

Es ist der Sog hinauf den du erfährst im Evolutionenreigen, das Miteinander im globalen Wettbewerb um frische Luft, gesunde Knochen und ein veritables Heim auf einem grünen Hügelchen, für sich und dich allein gelassen.

Dein Aktionsfeld weitet sich vom Hier bis zu den Sternen, indem du in Gedankenschnelle ihre Konstellationen Bild um Bild durchfährst und ihrem Licht und Leben den Tribut gewährst, den sie auf jeden Fall verdient und angestossen haben.

Von wo kommt mir die Energie, die ich tagtäglich rasend schnell verbrauche, wirst du füglich fragen? Nun denn, von Mir natürlich, dessen Geistesschoss unendliches zu spenden sich gewohnt ist in gottseligem Gehaben.

Wer trüge nicht von dannen, was er frei verfügbar an dem Wege findet, den er pfiffig pfeifend übergeht. Das bereichert ihn dermassen, dass er weder ein noch aus weiss, ob dem vielen, das er auf der Strecke trifft in trefflicher Manier. Was du erwandert hast, kommt dir zugut im gläubigen Erinnern, wenn du auf dem Ruhestühlchen sitzest und das Köpfchen schüttelst oder auf und ab bewegst ob den mannigfachen Szenen, die dein Herz noch heut aufs Innigste bewegen. Der Glamour ist vergangen, doch liegt für immer ein verführerischer Glanz auf allem, was du einst erlebt hast und lässt dich mit sagenhafter Zuversicht und Zielkraft in die Zukunft schauen.

Gängig ist nicht hängig und so läuft dein Dasein generationenlang als wie geölt am Schnürchen ab, das Ich bewusst und rüstig, klüglich und erwartungsvoll, gerechterweise und verdienstlich vor dir her gezogen.

1.8

Wie begegne ich der Welt, sollst du dich fragen, wenn du sie kennen lernen willst in ihren Seinsbezügen. Du wirst mit wachen Augen und mit offner Herzlichkeit an allem, was da *ist*, vorübergehn und seinem Wesen Achtung und Interesse zollen, um es aufs Freundlichste mit deinem zu verbinden. Deine Wege kreuzen sich mit kunstvoll angelegten Panoramastrassen, wie mit von Unrat starrenden Verläufen mit Bretterbuden vor dem Stadtbetrieb. Sieh zu, dass du den einen wie den andern mit Respekt und Anteilnahme, Kuriosität und tätigem Erbarmen nahetrittst, um es nach bestem Können und Gewissen zu befrieden. Was dabei wirklich zählt ist die sottile Einsicht, dass hinter allem Weltenleben Ich verborgen und präsent Bin, wunderbar.

Gerade dort soll nun die grosse Wende sein in deiner Strategie lebendigen Lebens und bedeutenden Betrachtens dessen, was für dich die Welt bedeutet und belebt. Ich *Bin* sie, in ihren Wert gegossen, wie am Anfang so in ihrem gloriosen Endgefühl. Mein Bestreben, sie zum Besten hinzuführen, ist akut wie und je und soll auch dir ein Fingerzeig und Mahnmal sein für dein gewissenhaftes und beseligendes Streben. Ich kenne dich viel intensiver als du selber dich erkennst und halte alle Trümpfe in der Hand, wenn es Mir darum geht, dich aufzuklären über das, was du in Wahrheit *Bist* und über die enormen Konsequenzen die daraus erstehn.

Auf Mein Wort wirst du dich unterstehn, deine Netze nochmals auszuwerfen und wirst bass erstaunt sein über den enormen Fang, der sich ergeben hat, du weisst nicht wie. Gerade das jedoch ist der Beweis dafür, dass Ich dir gut will und dass Mein Können alles Mass und alle Massen haushoch übersteigt, die du dir bisher gewohnt warst zu erfahren. Meine Kräfte reichen ungeniert und fabelhafterweis vom einen Ende bis zum anderen der Universenweiten, die Ich Mir zum Schauplatz Meines Wirkens auserwählt. Sie sind Mein Ich und sind damit genausogut das deine in der allgemeinen Gründlichkeit, die Ich mit Wonne und Gelassenheit, Verschwiegenheit und Lichtheit seelenvoll vertrete.

1.9

Was wird Mir alles zugedacht und zugeschrieben, das Ich noch nicht erreicht und auf der hohen Kante festgezurrt und eingemottet habe. Genauso ist es bei den frisch Gewählten Würdenträgern, die auf einmal Hexenmeister, Alleskönner und Gewiefte über alle Massen in den Augen derer sind, die sie auf den Sockel und aufs hohe Ross gehievt und alsogleich umjubelt haben.

Zu Beginn läuft alles wie am Schnürchen, doch wenn ihnen das Geringste abverheit, verwandeln sich die Gläubigen in eine Meute bissiger Bastarde, die ihm den Garaus zu machen wach geworden sind. Was solls, in *Meiner* Hemisphäre ruhigen Betrachten der Gegebenheiten wird nicht gehadert oder blank gezogen. Schön eine nach der andern werden Meine Angelegenheiten traktandiert, durchleuchtet und der Lösung zugeführt, die männiglich begeistert und erfreut, in ihrem wohlerwogenen Verständnis und Gehaben.

Stets ist Meine Trikolore eingehängt, um alsogleich gehisst zu werden, wenn ein besonderes Ereignis ansteht und gefeiert werden muss, als Dank für gute Leistung oder zur Erinnerung an lobenswerte Heldentaten. Dem einen graust's dem andern ist's ein Novum von begrüssenswertem Aufzug und Beginnen, das dem Volke bestens dient und seinen Fortschritt regelrecht in einen Traum und Taumel treibt von unbeschreiblichem Rumoren.

Ich wette stets auf jene, die noch bedeutendes Potenzial sowie enorme Willkraft intus haben. Sie steigern sich im Spitzenteam zu einer vorwärtsstürmenden geballten Ladung und im allerletzten tatenträchtigen Momente pfeilt der Auserwählte zum ersehnten Sieg.

Wer viel wagt, wird viel gewinnen, raunt das Sprichwort in die jungen und betagten Ohren, die da müssig an der Bande stehn. Ich aber habe den im Auge der gewissenhaft geschult ist in dem Fach, das er sein eigen nennt und darin fabelhaftes demonstriert. So sollst auch du dem Meinen, alles überragenden und relevanten dich versehn, um daraus in wonnevoller Einigkeit mit Mir hervorzugehn.

1.10
Von nah und fern sind die Gerechten Gottes vor Mir zu erscheinen, um den jüngsten Tag zu zieren, den Ich einstens inszenier. Mein Betrieb erstreckt sich

über Millionen und bedarf der Aufsicht unermesslicher Gewalten, die universenweit zum rechten sehn.

Nun ist es gut für dich zu wissen, dass die Meister vor dem Throne Gottes der Belehrung harren, die sie befähigt auszuschwärmen, um die frohe Botschaft denen zu verkünden, die bereit sind neues zu empfangen und auch tätig anzuwenden in des Lebens Geltung und entscheidender Manier.

Zierlich sind die Schritte, die Ich weltweit unternehme, um das Graziöse anzufachen und bekannt zu machen, als ein Etwas, das verhält und sich füglich zeigen lassen kann, herumgereicht nach Noten.

Brillant ist Meine Art und Weise als Gewiefter aufzutreten und die Szene vom Moment an zu beherrschen, stilgerecht, mustergültig und potenzgeladen.

Wie der Blitz fährt durch die Nacht Mein Zunder, wenn Ich ihm gebührend eingeheizt und durch Mein Ehrenwort besiegelt habe. Auch Meine Lichtkaskaden schmiegen sich in die Gemüter derer, die noch dazu fähig sind übersinnliches wie überirdisches voll Freude zu gewahren und mit aller Sorgfalt mit ihm umzugehn.

Dir kann es nicht egal sein, was Ich unter dem Begriff Bewusstsein alles intendiere und dazu tendiere, eine Himmelsklarheit ohnegleichen über allem zu verbreiten, was da *ist*, und alles ausmacht im Gewebe Meiner Schöpfertaten.

Mit leichter Hand entworfen und dahingeworfen ist gar vieles, was dann der enormen Schaffenskraft bedarf, die es zum Konkreten, Gültigen und Fabelhaften stilisiert, um sich in aller Welt als Novum, Wurf und Wunder zu erweisen.

Wahrlich ist Mein Reich und Reichtum nicht von dieser deiner Welt, jedoch von der Meinen, die in ihrer Wirklichkeit und Resolutheit, Perspektive und unendlichen Natürlichkeit von nichts und niemand überboten werden kann, im hier wie in der Seinsglückseligkeit der Himmelssphären.

1.11

Die Beweislast liegt bei dir, wenn du etwas Zweifelhaftes unternommen hast und die Rächer vor dir aufmarschieren. Hast du Talent, so magst du dich dem Unheil schicklich und geschickt entwinden, bei Pech hingegen lochen sie dich ein auf Lang-nicht-Wiedersehn. An Flucht ist nicht zu denken, weil kein geringerer als Ich dahinter steh mit Meiner Fähigkeit, alles zu durchschauen, was da *ist*, um ihm Knall auf Fall den rechten Drall und das entsprechende Prestige zu verleihen.

Was Mich beleidigt ist die Unverfrorenheit, mit der die kleveren Verwalter Meiner Güter Anspruch auf Gewinn durch sie erheben. Deine Züge müssen freien Willens, selbstlos und dazu noch mit der Hoffnung auf Erfolg geschehn, nach Meinem Sinn und Geist und Überlegen. Das gebiert verschwenderischen Nachhall Meinerseits und eine Fülle wohlverdienter Geistesglauben.

Geschenke zeugen meistens den intensen Wunsch sich auf irgend eine Weise dankbar und gefällig zu erweisen. Das vermehrt die Freundlichkeit, mit der die Menschen sich begegnen und die Lieblichkeit des Daseins noch viel mehr.

Kannst du schreiben, schreibe doch einmal ein Büchelchen darüber, wie du denkst in Sachen Seinsmoral, das heisst in Bezug auf dein Benehmen Mir und Meinen gottgesegneten Prinzipien, Belehrungen und Höflichkeiten gegenüber. Es kann nicht sein, dass du dich Mir verweigerst, derweil so viel köstlich aufgemachtes Meinerseits in dein empfängliches Gewissen strömt. Geviefter wäre es, du würdest ungesäumt mit Mir und Meiner Zuversicht kooperieren und damit dein Heil wie das der Welt um etliches vermehren.

Das Ordentliche geht bestimmt und regelrecht mit Meiner Ordnung Hand in Hand einhehr und verbreitet sich landüber wie ein Lichthauch durch ein Wolkenloch von Mir gesendet ins bedürfnisvolle Erdental.

Wer sich von Mir Erlabung zulegt ist zu besserem beraten, als wenn er seinen eignen Wünschen nachläuft, um den Weltenunsinn füglich zu vermehren. Mein ist die Gabe der Verheissung grandioser Zeiten, in denen du dich selbst erkennst, als das Idol der Schöpferkräfte, die sich damit überaus und immer wieder selber meinen. Meine Stimme, Stimmung und Beglückung fluten auf dich über und bewirken deiner Liebeswonne Schicksal und Bravour.

1.12

Mitunter trag Ich einen rechten Schreck davon, wenn vor Mir plötzlich etwas auftaucht im rasanten Stossverkehr. Wer spontan agiert kann manches Unheil eben noch vermeiden das ihm Ärger und

Verlust beschert und aufgezwungen hätte. Nur, dass *Ich* ihn gerettet habe weiss er nicht, mit Meiner Allpräsenz und Meinem krisensicheren Gehabe.

Bist du Mich, so kann es dir nicht schaden, wenn du dich hin und wieder auf dein Sein besinnst in Meinen götterlichten Breitengraden. Ist in dieser Hinsicht auch mit wachen Augen nichts zu sehn, so kannst du Mich doch fühlen als das Etwas, das in dir agiert und mächtig aufdreht, wenn es darum geht, dich auf dem Damm zu halten. Ich habe alle Hände voll zu tun, um weltweit das Harmonische und Liebevolle, Beglückende und Delikate in die Wege wie in den Gedankenfluss zu leiten, der die Völker nährt und ihnen Fortschritt und Verbindlichkeit mit Mir beschert.

Das Etwas Bin Ich, das die Welt auf Trab und Tüchtigkeit, Manierlichkeit und gutem Willen hält nur das Allerbeste zu vollbringen und dem Gott der Liebe immerzu ein Halleluja zu singen.

Kunst ist Göttergunst will Ich noch erwähnen in den philosophischen Betrachtungen die Mir in stiller Zeit besonders liegen. So auch dir, wenn sich der Aufwall deines Seelenseins gelegt und glattgestrichen hat zugunsten reiner Freude am Geschick, das dir der Göttersinn sowie die Weltgerechtigkeit erlesen. Im Grund genommen ist, was *ist,* genauso, wie es die Weltengeistigkeit und -wirkung wollte. Nur dass du einsiehst, dass dazu Intelligenz und Selbsterkenntnis, Empfindsamkeit und Willenskraft gehören. Zu all dem ist ja Meines wie auch deines Seins Gewissen und Standarte fähig, sowohl im grossen Ganzen wie im Einzelnen, das du dir Bist und das in seiner Seinsbewusstheit Berge setzen kann und Täler, sausende Planeten,

Myriaden Sonnen, Sterngebilde, Galaxien und Gedankenfeuer, die das All in seiner Ganzheit und Bewegtheit, Zartheit und Entschiedenheit aufs Wunderbarste zieren.

1.13

Das Reguläre ist zumeist nicht das was Ich für deinen Lebenswandel vorgesehen habe. Ein jeder ist ein Unikum in Bezug auf das was seinem Schicksal innewohnt und was ihm induziert und eingemittet ist in seinem täglichen Gehabe. Was er *ist* und wurde resultiert aus seinem eigenen Verhalten wie aus dem der Welt, in die er sich hineingeboren. Nun ist es sicher seine Pflicht wie sein Bestreben, sich in seinem menschlichen Geviert und Milieu zurechtzufinden als in einem Aufstieg und gewinnenden Partikularium, Merkatorium und Minnesang an seines Lebens Wunderwerk und Drift, wie an den Gott der Güte, der ihm all dies anbefohlen.

Hat es dich erwischt, so glaubst du meistens dich vom harten Griff durch rasche Flucht entziehn zu können. Das ist grundfalsch, weil sich dein Wachstum akkurat aus dem ergibt, was dir gerade vorliegt und von dir zu lösen und erlösen ist mit wachsendem Gelingen.

Ich rate dir aufs Dringlichste in jeder Lebenssituation den Antrieb und Impuls zur Besserung von deinem Ichgefühl zu sehen und deiner götterlichten Periode. Dein Sein verpendelt sich beständig zwischen hier und dort und darf nie müssig werden im Bestreben höherwertiges, kunstfertiges und harmonisches zu generieren. Was dich betrifft, soll deine Drift allmählich delikate Himmelshöhn erreichen, wo dein Sein dem Meinem sich vermählt sieht in der Sagenhaftigkeit und Saga Meines Allbeseelens.

Gewinnst du, kann auch Ich an dir gewinnen in der Einigkeit mit allen Wesen, die der Welt mit ihrem Sein zu dienen haben, um schliesslich in dem aufzutreten, was Ich Bin, in der gesamten Universenkonstellation. Nichts weniger als eben auch ein Teil von dem was *ist* Bist du und wirst es schliesslich nicht bedauern müssen. Meiner Zügel Wohl wird auch zu deinem werden und deiner Sicherheit, Erhabenheit, Glückseligkeit und Daseinswonne wird sich die dann Meine, kaum bemerkt, doch offensichtlich zugesellen.

Mein Alles-Überragen hüllt dich ein als Meine Zierde und Mein Zukunftsbild, Meine Zuversicht wie Mein Mich-Finden im Bewusstsein des berühmten kosmischen Verklärens.

1.14

Willst du dich mit dem der *ist* vergleichen gibt es gute Gründe Parallelen auszumachen von frappanter Gleichgestimmtheit im Gehaben. Du tendierst wie Ich dazu masslos zu werden, wenn du einmal etwas angekurbelt und als gängig ein-gesehen und taxiert hast in der Weitsicht die dir eigen. Dein Verlangen geht nach mehr und mehr, bis die Sache auffliegt weil der Bogen überspannt und der Wagen überladen ist, dass Gott erbarm.. Die Dinge laufen übers Ufer, Sturzbächen gleich, die dich ins Verderben ziehen wollen.

Das jedoch kann Ich auf keinen Fall gestatten oder als gehabt und als misslungen durchgehn lassen. Ich reagiere kurz und gut und bündig und motiviere dich zu einem fulminanten Neustart, dem Ich Meine besten Kräfte angedeihen lasse. Unsinn wird zu sinngeladenem Agieren und eine Festlichkeit bricht aus von nie gekanntem Ausmass in den Tiefen wie den Höhen deiner Seinspräsenz im Wunderbaren.

Kaum kannst du`s erwarten, dass der nächste Coup gelingt, den du dir ausgedacht und regelrecht in Gang gesetzt hast, deinet- wie auch Meinetwegen. Nun gilt es das Begonnene zu festigen und dem Lauf der Dinge konsequent, nachhaltig und gekonnt zum Siege zu verhelfen. Schon stehe Ich als Michelinfigur am Pistenrande, um dich nach der letzten Runde als der erste abzuwinken, unter dem Applaus der Menge, die dich in ihr Herz und ihr Begeistern eingeschlossen.

1.15

Wieder hat sich Meine Art zu sein in dir gelohnt und als effizient und machbar, tauglich und prägnant erwiesen. Noch immer Bin Ich da, wenn es um Richtigstellung und Bravour, bewusstes Handeln und Manövrieren geht in allen Lebenssparten, die da *sind* und sich als nützlich, praktikabel und potent erwiesen haben. Voll berechtigt ist was Ich zu Meinem wie zu deinem Job gedungen und bedachtsam eingerichtet habe. Selbst das Misslingen weiss Ich zur gelungenen Pointe umzukehren, die den Nimbus noch vermehrt von Meinem unfehlbaren Sein in wonnevoller Eintracht und Gerissenheit, Wohlgestalt und seelenvoller Sinnkraft mit dem deinen.

Gewinnend lächelnd soll die Kunst des Tages sein, um dessen Wohlgelingen Ich Mich unentwegt bemühe. Du kannst Mir glauben, dass Ich manche bittere Pille schlucken muss im allgemeinen Leben, derweil Ich Mich, als wäre nichts geschehn, an alle

Welt verstrahle, um sie gebührend aufzurichten und ihrem Wert und Wohllaut einen Zacken zuzufügen.

Ich bestreite vieles, was manch anderer sich weigern würde zu bestreiten und verlange nichts dafür, als eine Prise Dankbarkeit und ein entgegenkommendes und sinngemässes Herzgefühl. Mein Dasein ist ein Traum von Güte Meinem Volke gegenüber, das nur allzu oft im Unverständnis wie im Wohlbehagen schwelgt, die es sich in selbstischer Manier zurechtgelegt hat und an sich gerissen.

Ich habe es nicht nötig gegenüber irgendjemandem zu tuten und zu blasen, damit er sich herabgelassen zu Mir wende burschikos und seelenlos. Vielmehr sind die selbstgefälligen, baumlangen Charaktere von Mir aufgerufen, ein wenig Edelmut und Wohlverstand, Seinsbewusstheit und Beweglichkeit hervorzurufen, um auf Meine Richtung einzuschwenken im ereignisvollen Weltbetrieb.

Gedörrten Heringen Bin Ich nicht eben zugetan und noch viel weniger verstockten Enterichen, die weder schwimmen noch gebührend übers Festland watscheln können. Mein Sinnspruch lautet: weise ist es, rasch und sicher auszuwählen was zu tun ist, derweil du nichtiges getrost beiseiteschiebst in deinem In-Mir-Prosperieren.

Willst du wahrhaft *sein* halte dich an die Empfehlungen, die Ich dir wohlbedacht und ingeniös vors zaudernde Gewissen lege. Scharfer Tobak mag es sein, doch heilsam ist es immer, selbst wenn dir dabei brennend heisse Tränen von den Wimpern rollen. Willst du Mir vertrauen, kann dein Leben im gewohnten Stile weitergehn, spüren

wirst du jedoch, wie es unter Meiner Obhut reicher
wird und wonnevoller, graziöser und glückseliger.

1.16

Das Weltgeheimnis zu ergründen ging Ich aus und
kehrte, reich befrachtet mit Geschenken und
Erfahrungen, neuen Perspektiven, Huldigungen
und Holdseligkeiten wieder. Hatte Ich etwas
begriffen, meldete sich unverzüglich eines neuen
Rätsels Resümee und Willkür, die Mir enorm zu
schaffen machten, tage- nächtelang bis endlich
Licht am Horizonte dämmerte, das Mir den Weg
wies aus dem Labyrinth, in das Ich Mich verfangen.

Mein Wille stählte sich am Objekte und Mein
Denken nahm die Zügel grandioser Weltgewandt-
heit an, die Ich wohl brauchen konnte, um Mich
überall begeistert und beseligt durchzuschlagen.

Nun Bin Ich da aus himmelweiter Ferne herge-
kommen, um Mein sagenhaftes Wissen und
Gewissen gebührend zu verbreiten in der Runde
derer, die darauf erpicht sind Wunder zu erleben
oder unverzüglich abzuhauen vor der dräuenden
Gefahr.

Bekanntlich sind die Cleveren nicht immer die, die
aus dem üblichen Schlamassel die besten Stücke
und Geräte, Zertifikate und Erfindungen von dannen
tragen. Naiverweise in dem Zeug zu wühlen bringt
mit Meiner Hilfe aberviel und bestätigt, was Ich
unentwegt betone: weniger ist mehr im Sinn von
Weltengrütze verglichen mit der Weisheit, himmlischer Gerechtigkeit und Lebenseleganz, die Ich vor
aller Augen offenlege.

Getraust du dich Mir alles zuzutrauen, was dich wahrhaft fördert und am Ende zum vollendeten Gespan der Gottheit stilisiert.

Was Ich in die Wege leite, anreisse oder quicklebendig aufs Tapet und in die Schaukel lege, hat Bestand für Ewigkeiten und ergänzt von Fall zu Fall was Ich schon seit Äonen zu vollbringen und erhalten pflege. Ich halte Mich bedeckt, wo andere mit Weitsicht prahlen und mache Mich im Stillen fit und wunderschön. Was Ich dann voll Zartheit und Gediegenheit um Mich verbreite bricht einhelligem Entzücken Bahn und erhält und heiligt überall die Lebensszenen, die zu deuten und erläutern du dir vorgenommen hast in deiner wonnevollen Daseinselegie.

1.17

Weisst du was? Ich kommandiere und du läufst geradeaus, drehst dich im rechten Winkel, gehst rückwärts und stehst still, um auf den nächsten Dienstbefehl zu warten. Die Zeiten haben sich geändert und du kommst Mir vor wie einer, der sich selbst befehlen kann im vorwärtsdrängenden Elan, den du dir anerzogen. Dabei vergissest du wie sehr dein Allgemeinbefinden, dein Aufgang wie dein Schwinden geleitet ist von dem, was Ich mit dir und deinem Hofrat intendiere.

Durch dein Freisein bindest du dich an nur allzuviele Dinge die dich unfrei machen wollen auf der langen Linie deiner fulminanten Lebenstaten. Demzufolge giesse Ich dir Meinen Götterwillen ein, der dich befähigt Mass zu halten und in wohlgelungenem Dir-selbst-Befehlen geradeaus durch aberviele Wirrnisse, Versuchungen und Komplikationen querfeldein zu schreiten.

Schon immer rief Ich auf dem Markte aus: was Ich empfehle sollt ihr tun und was Ich euch zugutehalte sollt ihr akzeptieren als Geschenke Meiner Güte und Erfahrenheit in Sachen Sinn und Sanftmut, Ausgewogenheit und Seligkeit im Euch-Erleben.

Wende dich Mir zu, ist gar nicht ohne, nach Strich und Faden zu befolgen und damit den Vogel abzuschiessen auf dem Dachfirst vor dem eingefleischten Milieu. Mein Erfahren stützt sich auf Myriaden und Mein Panoptikum erlaubt Mir Dinge hinterher und voraus zu berechnen, die noch keinem andern wesenhaft geworden sind.

Mir wird ganz leicht ums Herz, wenn Ich bedenke, wie viel Charme und Süsse sich in Meiner Hemisphäre angesiedelt hat, um Mich zu erfreuen und um Mir gebührend recht zu geben auf der Fährte Meiner selbst im Unergründlichen. Dort gibt es kein erstauntes A und O im Seinsverfahren. Alles wirkt und west auf seine Weise gut und genial, glutvoll, herzensfroh und heiter über alle Ging und Gänge hin. Himmel ist statt Hölle sozusagen, Maientag und Minne im Verkehr mit allen, die in Liebe und Gerechtigkeit, Wohlgesonnenheit und ultimatem Frieden zueinander stehn.

1.18
Möchtest du Gebiet erobern weiss Ich eine Stelle, wo es wüst und leer ist, unzugänglich und ver- schroben, dort kannst du dein Talent entfalten im roden und bewässern und Dich-selber-recht- Verstehn.

Sowie es Ernst gilt, heuerst du Mich an und beginnst auf Meine Hilfe und Verwegenheit, Zuversicht und Zauberkraft zu zählen. Was immer du dir vorstellst, nimmt bei Mir sogleich Gestaltung und Gestalt an und behauptet sich galant in einer Wirklichkeit, Keimhaftigkeit und schlüssigen Beweglichkeit von Gottes sinngeladnen Gnaden.

Was immer dich bewegt veranlasst Mich dazu, Mich in deine Richtung zu bewegen, um Mich zu vergewissern, dass du planvoll und gerissen, subtil, konsequent und sauber vorgehst mit der Sicht auf fulminanten und gepfefferten Erfolg in deinem Rasen.

Wichtig, richtig, relevant und schätzbar ist Mir immer schon gewesen, dass in deinem Dasein fair gefochten wird mit Waffen, die präzise zwischen gut und ungut, klargesichtig und vernebelt, relevant und nutzlos elegant zu unterscheiden wissen. Es muss ein Zug von Güte, Glaubwürdigkeit, Rechtschaffenheit und Menschenwürde in den Taten liegen, die du zu vollbringen anhebst und die zu vollenden Meine Sache ist im unendlichen Gewalten und Befrieden.

Rollt der Rubel kann es tunlich mit dir wie mit Meinem Wirken in subtilem Einklang stehn. Ich habe schon erwogen, ob sich der Alleingang lohnen würde, Bin aber davon abgekommen, weil mit deinem Einsatz alles noch geschmierter und gerundeter, seinsgerechter und potenter abläuft, als es ohnehin schon auf der Fahrt gewesen.

Was Geselligkeit vollbringt weiss jedermann zu schätzen und besonders Ich, der sie aus der Taufe und den Kinderschuhn gehoben. Immer läuft es so, dass Ich der erste Bin im Werkhof wie am witzigen Vollenden dessen was noch anstand in der ungeheuren Halle des Gebietens und Entfaltens, heiteren Erwägens und beglückenden Beginnens neuer, wirkungsvoller Kombinationen.

1.19

Mein System ist überall im Einsatz wo gedacht wird und die schillernden Gedankenstösse sich im Nu bis ins Unendliche vermehren. Hast du Kreide schreib in himmelblauen Lettern auf die Tafel: Ich Bin Es an dieser Stelle des Erscheinens auf dem Weltenplan. Das bedeutet, Ich Bin regelrecht und ungeschminkt dein Du mit allen Konsequenzen, die daraus erstehn. Meine Griffe und Begriffe sind die deinen und das Überall ist deine Heimat, so wie es die Meine ist in silberglänzender Bravour.

Was du errätst in deines Denkens und Bedenkens Manifest und Farbigkeit ist Meines Dich-Beratens Gründlichkeit der Weltenharmonie und Himmels-grazie entnommen. Bist du dir des Seins bewusst, aus dem sich alles, was da *ist* ergibt, kann dir nichts Ungereimtes und Bedrohliches mehr geschehn. Deine Werte sind aus Meinem Universenwert hinausgeboren und dein Befinden findet sich in Mir in wunderbarem Einklang mit der göttlichen Natur.

Bist du bestrebt dem Allerhöchsten dich zu widmen und zu weih`n, erglänzest du wie ein Juwel im Reich des wirklichen Geschehns, Mutierens und Begreifens. Ich spende und *du* bist akkurat dazu bestimmt, die Gaben Gottes unverhohlen, vif und dankbar anzunehmen.

Viel mehr braucht es nicht zum Leben als geschmeidig und gesund, willig und bereit zu sein für alles aufzukommen was Ich von dir abverlange und als seinsgerecht betrachte im ereignisvollen Weltgeschehn. Du sollst immer gleich beweglich und bewusst, behutsam und beflissen sein, der Universenvielfalt deinen Stempel aufzudrücken und sie zu vermehren, unentwegt und morgenschön.

So hängt alles, was da *ist*, aufs Innigste zusammen und muss in diesem Sinne akzeptiert, gepflegt und gutgeheissen werden. Machst du mit, beschere Ich dir namenlose Freude am Vollbringen und Gelingesn dessen, was Mein Ein und Alles ist im sagenhaften Weltenplan.

1.20

Rebellion ist nur bedingt dazu geeignet, die Probleme deines Seins in aller Form zu lösen und ihm damit den erstrebten Pfiff und Schmiss und Kraftfluss zu verleihen. Mehr Mut, Geduld und guter Wille sind vonnöten, um geflissentlich voran-zukommen auf der Fahrt in das unendliche Gedeihen, Meinem Götterstil gemäss.

Trachtest du nach Harmonie und Herzensfrieden lass dir unverblümt von Mir gesagt sein, dass die beiden Blüten reinen Seins in korpore und unter manchem Weh und Ach von dir errungen werden müssen. Ja, die relevanten Widerstände sind so gross, dass Ich dir dauernd Unterstützung leisten muss zu deinem grössten Nutzen in der lauernden Gefahr.

Billigst du, was Ich dir auferlege und bemühst du dich, es willig und gehorsam auszutragen, ist der Fortschritt dir gewiss in Bezug auf Sanftmut, liebendes Verständnis und Erhabenheit über die perfiden Alltagssticheleien, die das Schicksal dir beschert.

Bist du ein Könner und Benenner deiner selbst geworden, musst du nichts, Bestürzendes, Unwürdiges und Lamentables mehr bestehn in deinem winddurchpfiffnen Hüterleben. Es geht ein Raunen durch die Menge, wenn sie dich mit deiner Flockenherde und dem Hirtenstab gelassen über grüne Triften wandern sieht, der Sonnenneige still und seinsgestillt entgegen.

Bist du Meinem Grundsatz treu: „Es werde Licht in Mir sowie gottseliges Vollenden", bist du auf dem rechten Pfad zu Mir und Meinen sinngeladnen Gütern. Sie deuten und bedeuten dir schlussendlich, dass du Bist und dich vor nichts und niemand fürchten musst, in deinem himmelstraulichen Benehmen. Was dir schon immer angemessen war hast du erreicht und was aufs Tunlichste geeignet ist dich in die Freiheit von jedwelcher schmerzlichen Bedrängnis zu entlassen, traue und vertraue Ich dir an aus reinem Mitgefühl und götterlichtem Alles-Überragen. Soweit muss und wird es kommen, weil Ich in dir Bin und weil du in Mir Bist in wunderbarem Einklang und gottseligen Erlaben.

2

Virtuosität am Sein und Leben

2.1

Auf welcher Ebene willst du denn angesiedelt sein und in welche Richtung willst du dich konkret bewegen? Ist es Meine, lass Ich dich getrost vom Hier zum Dort in alle Fernen schweifen und überlasse dir die Felder der Wahrhaftigkeit und Virtuosität am Sein und Leben. Nur zu gut ist Mirs bekannt, wie viel Energie und Tatkraft, Witz und guter Wille nötig sind, um in Meinem Sinn und Geist zu reüssieren und von Fall zu Fall den Vogel abzuschliessen auf der Jagd nach besseren Bedingungen, Entschiedenheiten und knallharten Fakten unter Meiner Souplesse und Regie.

Was bei Mir gang und gäbe ist, soll auch von dir mit Nonchalance und tatenträchtiger Betriebsamkeit bewältigt werden. Das bringt Sonnenhelle, Glück, Begeisterung und Wohlverstand ins Haus der sieben götterlichten Strahlen und bewegt die Weltenszene nachhaltig, hoch und her.

Begreifst du innig und plausibel, was Ich meine, kannst du dir in aller Ruhe eine Auszeit und ein Nickerchen gewähren. Dann wirst du mit geballten Himmelskräften weiter auf dem Pfad der guten Hoffnung zu marschieren wissen, der Erlesenheit zu Meinen Gunsten, wie der Tantiemen die Ich dir für deinen vehementen Einsatz in bedingungsloser Lauterkeit zugute halte.

Im Kern magst du ja gut und tüchtig sein, doch ob dies auch nach aussen dringt zur kolossalen Tat ist eine andre Frage.

Nun, Meine Obrigkeit ist unaufhörlich dazu angetan, den Besen geistiger Vernunft zur Hand zu nehmen, um gehörig auszumisten, was sich nicht gehört und um die götterlichten Fliesen wieder gangbar und Begeisterung erweckend unter sich zu lassen.

Eine Traube violetter Trauben will Ich spenden dem, der sich dazu ermannt auf Meiner Fährte wie im Wandel tiefster Nacht einherzugehn, bis ihm Götterhelle leuchtet und ihn liebevoll umfängt in siebentausend Variationen. Das beglückt und führt dich kunstvoll und entschieden Meiner Götterherrlichkeit entgegen.

2.2

Unsteht und verbissen knabberst und sabberst du in deiner Welt herum und kümmerst dich um nichts und alles ohne es gezielt zu hinterfragen. Doch mählich willst du wissen, welchen Sinn das unermüdliche Getue und Getuschel, Aufheben und Entlasten offenbart und konstatierst, dass alles deinem Eigensinn entspringt und deinem sanften oder polternden Gehaben.

„Pardonne-nous nos offences", pflegst du vor dich hin zu meditieren. Du begannst in Windeln und windest dich hinauf in eines Freiseins Aperçu und Suffisience, Mutwilligkeit und Partnerschaft mit Mir von überirdischem Begaben.

Was du willst, ist keine Frage mehr. Es ist der Wille, Mich und Mein Gefolge nachzuahmen und auf diese Weise in ein Sein zu steigen von unermesslicher Bedeutung und Bravour.

Ich trichtere dir ein was gut und billig ist und lasse dich im übrigen nach freier Wahl gewähren. Das macht dich froh und heiter in des Lebens lustigem Dich-alleweil-Bewähren. Deine Pläne sind aufs Allerbeste ziseliert und lassen sich nach Zünftigkeit und Ordnung, Recht und Relevanz verwirklichen von Mal zu Mal. Deine Dinge nehmen den Charakter von geschliffner Menschen- wie auch Gottesgüte an und können sich wohl sehen lassen in der Abergründigkeit der Myriaden.

Krasses lässest du zum Hades fahren und Gekräuseltes weckt deinen Sinn für Schönheit und geziemendes Dich-wie-ein-Göttersohn-Verhalten. Du machst dich auf und machst dich gut in deiner Embiance von gütestrahlenden Gedanken und Besonderheiten, Affinitäten und Manierlichkeiten, die schlussends zu aller Wohl gereichen.

Mit Heiterkeit und Sinnenkraft geladen gehst du aufrecht und dir selbst bewusst einher und fühlst dich wie geadelt von den Schöpferkräften, die das All beseelen. Deine Kräfte dehnen sich dem Weltengeist entgegen und werden gern von ihm empfangen als Bereicherung des Allgefühls sowie des Willens immer mehr aus ihm wie Mir herauszuschlagen. Es ist allein das Sein das zählt und das in allen Daseinsregionen der genuine Massstab ist für Wohlverstand und Achtsamkeit, Bewusstheit ebenso wie Seinsglückseligkeit im Wunderbaren.

2.3

Genug ist genug nur musst du zeitig etwas finden, was das Gehabte übertrifft, um Wohlgefälligkeit, Beständigkeit und Linientreue deiner Wahl zu generieren. Wie bist du doch all dem aufs Innigste verbunden, was dich erheitert oder kränkt, buchstäblich fertig macht oder dich in Meine Höhn erhebt gottseligen Befindens und Empfindens neuer, wunderbarer Wirklichkeiten. Kein Zoll zuviel, geschweige denn zuwenig, ist dir in Meinem Reich gegeben, wenn du's nur genug zu schätzen wüsstest, in der Selbstgefälligkeit in der Ich dich rumoren seh.

Kannst du den Schimmel von dem Rappen noch gebührend unterscheiden? Sieh, Ich zeige dir, wie man es macht mit Augenblinzeln, Seherbrille und viel roten Rüben, die die Pupillen stärken und den Blick verschärfen, schärfer gehts nicht mehr.

Was für dich übrig bleibt, kann sich noch immer sehen lassen, derweil es doch in Meiner Küche zubereitet worden ist exakt für deinen zimperlichen Magen und dein höchst empfindliches Gemüt. In Meinem Sinn zu wirken heisst, auch einmal herb den eignen Beutel schlagen, damit er munter vorwärts trabt, statt faul herumzuliegen, kraftlos, ungeniert.

An Mir gibt es gar vieles noch zu lernen und bewundern in der wissend weisen Art mit der Ich ständig und inständig operiere. An Meinen eignen Wänden klettere Ich hoch und überlege Mirs, wohin das führen soll im Sinn von grandioser Tatkraft und Verbindlichkeit mit allem, was da *ist*, von Vielfalt kaum zu zählen.

Ich hebe, kann Mich aber niemals überheben, weil Ich die perfekte Seinskontrolle über Mich und Meine Artgenossen intus habe. Das lässt Mich ewig munter sein und heiter in der Dramaturgie von Meinen götterlichten Taten. Federleicht und findig, wölkchensanft und fabelhaft ist Mir zumute, ohne je davon ein Ende abzusehn. Mein Wille ist der Wille ganzer Göttergenerationen und führt geradewegs, wohlüberlegt, begeistert und aufs Haar bewusst ins wonnevolle Ziel.

2.4

Ganz persönlich gratulieren will Ich dir zu deinem Success in den Seinskategorien, die Ich dir zu bedenken und auszuüben vorgegeben habe.

Beginnst du deinem Wert gemäss auch wertvoll, zügig und geräumig zu agieren, sind deine Tage hier wie dort nicht mehr gezählt, sie laufen anstandslos und unbedingt in das Unendliche hinein, das *Ich* dir schon immer zugehalten habe. Somit ist es weder eine Katastrophe noch ein übelriechendes Verfahren, wenn Ich dich von Zeit zu Zeit entleibe, um dir einen neuen, kräftevollen aufzubauen in der Gottseligkeit Gewicht, Ausdauer und Beleben.

„Von dannen wird er kommen, um zu richten", heisst es in den biblischen Annalen. Das bedeutet, dass du von Mir auf Herz und Nieren durchgekämmt und abgehorcht, abgesondert und geprüft wirst, um dem Ungeziefer in dir auf die Schliche und die Spur zu kommen. Das ändert mählich dein bewusstes Sein, indem Ich Spreu vom Weizen und die Staffage von dem Inhalt trenne, um dir folgerichtig dann das Lied der strahlenden Vollendung und Verfügbarkeit zu singen.

Ich garantiere dir, dass du in Anbetracht der neu gewonnenen Erkenntnisse und Barkarolen dich in strategischer Gewissheit fühlen kannst in deines Seins Bewusstheit und aufs Äusserste ergiebigem Voltieren. Alle deine Fahnen flattern hochgezogen in den Winden des Gerechtseins wie der juvenilen Tugenden, die nimmermehr verblassen in dem ewig aufgeschlossnen Auf und Nieder, Her und Hin.

Wie gewohnt kann bei Mir jedoch nichts und niemand sein, weil unter Meinen Fittichen und Meinem Flügelschlagen alles sich bewegt in nie ermüdender Gelassenheit und allbekanntem, anerkanntem und geheimnisvollen Frieden.

Mein Prophetentum hat sowohl Hände wie auch Myriaden Füsse und verbreitet sich im Nu zu allen, die es hören und befolgen wollen. Es befähigt dich dazu selbstsicher und gewinnend aufzutreten mit der Überzeugung, dass sich jeder Griff und jede Geste bestens lohnt, Meinem Heiligtum und Meinem liebevollen Heimatsstil bewundernd, wonnevoll und glückerfüllt entgegen.

2.5

Ich erwäge nicht, derweil Ich einfach weiss und Meines Wissens Seinspostille in den Status der Verwirklichung erhebe. Du meine Güte, wird da mancher rufen, welches Risiko des Fehlstarts und des Abverheiens wird da eingegangen. Das jedoch sind weltliche Allüren, denen Ich entgegenhalte: in Meinen Geistesgauen ist es eben so, dass alles wie am Schnürchen sich bewegt und von A bis Z Vollkommenheit verstrahlt in seiner übersinnlichen Präsenz, Gutmütigkeit und Hitparade.

So klein wie gross erweist sich Meines selbstverständlichen Agierens Richtwert als prophetisch, zukunftsträchtig und aufs Äusserste gediegen. Wo in deinem Falle Wachen sind und Wache, um den reif gewordnen Fortschritt anzumahnen, ist bei Mir dasselbe längst bewilligt und getan mit unerreichter Bündigkeit und wohldosiertem wissenschaftlichen Elan.

Bekanntes wird bei Mir als déjà vu und Aperçu bekanntlich abgetan und nur das wahrhaft Neue lass Ich füglich gelten. So reiht sich eine Grosstat an die nächste an und verzieht sich sogleich wieder, um dieser noch gewaltigere Raumesweiten zuzuteilen.

Wo andre achtlos im Gespräch vorübergehn, hacke Ich bewusst, zielstrebig und manierlich ein, um in der aufgeworfnen Scholle Keime von enormer Lebenskraft, Grundsätzlichkeit, Prosperität und praktischer Bedeutung zu platzieren. Somit wird sich bald erweisen, welche Raritäten und Besonderheiten, Zeugnisse und Zeremonien Ich pfannenfertig intus habe.

Nicht von Pappe ist was Meinerseits zur Geltung und natürlich ins Gerede kommt im Völklein, das gewohnt ist, alles Ungewohnte scharf zu kritisieren und ihm jedes Anrecht auf Erfolg und bare Münze abzusprechen. Wie Ich dich kenne, kannst du ohne Meine helfende Gebärde nimmer das Unendliche beschreiten und regelrecht in ihm bestehn. Deine Werte sind aus Meinem Beutel aufgeworfen und lassen dich Erfolge noch und noch in wonnevoller Eintracht mit Mir festlich, morgenschön und übermütig feiern.

2.6

Wenn sich einer tölpelhaft benimmt, kann ihm leicht geholfen werden mit dem Ruf: du bist nicht was du Bist mit deinem liederlichen, süffisanten, klotzigen und unnatürlichen Benehmen.

Meinen Trauben ist die Höhe angeboren, die es dir verwehrt so mir nichts dir nichts zuzugreifen, um von ihrem Saft und ihrer Süsse kunde zu erhalten.

Was nicht ohne ist ist mit und was dem Leben Kräuselungen, Kraut und Rüben, Seinskraft und Entschiedenheit verleiht, kräuselt dir den Bart und lässt seelenvolle Lobgesänge über deine Lippen fliessen.

Aus Versehen kann nur dir ein Ungeschick passieren, Meine Klarsicht jedoch gönnt sich keine Baisse und dockt an jeder Stelle an, wo Sicherheit und Wohlgemutheit herrschen. Hol und bring kannst du deinem Hündchen um die Nase pinseln, damit es auch was nützt in seinem Fressnapf-Lotterleben. Mir wäre das zu viel, wie auch zu wenig in Meinem götterlichten Stil. Angemachtes ist lass Ich nimmer laufen und was sich gehört errichte und vermittle Ich in sakrosankten Meisterzügen. Was immer Mir entgegenkommt, wird sie sogleich von Mir eingenommen und zu einem Höheren befördert, ordentlich und seinssubtil.

Wer Mir nachfolgt, muss sich selber ernsthaft in die Zange nehmen und darf keine noch so winzige Gelegenheit verpassen, gut zu sein im Geben, sowie im Nehmen lautere Bescheidenheit zu üben.

Kannst du ohne Gürtel schwimmen, behalte ihn trotzdem in Sicht, er könnte dir in absehbarer Zeit ganz unverhofft von grösstem Nutzen sein.

Ich pflege überall das Praktische und Rationelle, Ausgeklügelte und Wohlbedachte dem Blendenden und Unbesonnenen gebührend vorzuziehn. Es darf nicht sein, dass das verschwendet wird, was Ich in mühevollem Unterfangen aufgehäuft und mit Vernunft und Tatkraft angereichert habe. Das ist dann Mein Beitrag zum Gelingen dessen, was Ich einst begonnen und was Ich voll Begeisterung,

Elan, beglückender Manie, Erhabenheit und Folgerichtigkeit zum seelenvollen Ende führen werde.

2.7

Bist du nächtens König deiner selbst geworden, schwärze Ich dir nimmer etwas an, derweil du meisterlich ins Schwarze treffen kannst im selben Seinsgerechten Dich-Erheben.

Meiner Diktion gehorchend unternimmst du fabelhaftes, ohne dich um neidische Kritik und Nörgelei zu scheren. Offenen Visiers beschreitest du den Hang der Rätselhaftigkeiten, in welchem dir nur schickliches, passables und befruchtendes entgegenkommt in deinem wundervollen Streben.

Ich wette nie, weil es Mir immerzu bewusst ist, dass Ich ohnehin als Sieger aus dem Test hervorgehn würde, dessen Würfelungen wie verworfen scheinen, ohne es zu sein.

Kreatives lass Ich ständig durch die Geistesfinger gleiten und beschere damit Meinen Welten Wohlfahrt, Trefflichkeit und zauberhafte Seinsmomente, die jedermann mit scintillierender Glückseligkeit beseelen.

An Mich selber kann Ich bestens glauben, weil der Tross von Meinen Handlungen dem Göttersinn entspringt, den Ich Mir bewusst und glaubhaft, liebevoll und lauter zugedacht und angeeignet habe. Das erste wie das letzte ist Mein Ein und Alles und Mein sakrosanktes Eigentum im kosmischen Mich-selbst-Erfahren, das Mir niemand nehmen kann im zügigen und züngelnden Verfechten Meiner Geistesqualitäten.

Was Ich aufs Tapet wie auf die blanke Planke lege ist jeglicher Beschauung wert, die sich von allen Seiten herdrängt, um was neues und erregendes, erfreuliches und fabelhaftes zu erfahren. Alles was Ich mustergültig, zukunftsträchtig, prächtig und verschwiegen unternehme, erstrahlt vom goldnen Lichte hell bewusster Göttlichkeit, die Mir wie Meinem goldbetressten Anhang eigen. Momentan heisst bei Mir immerzu: im besten Sinne Meines Handelns und Bestehns und lässt sich nimmermehr vom Schauplatz Meines Gegenwärtigseins vertreiben. Ich Bin und gratuliere Mir vor aller Augen zum erreichten Wonnesein ob allem Zumerlauchten-Sternkreis-Streben.

2.8

Kann du noch Purzelbäume schlagen, so schlage geschmeidig eingerollt, sonst könntest du dir noch die Knochen brechen. Selbst im Reden ist es ratsam, statt klotzig kugelrund daherzukommen, damit sich eins zum andern fügt, ohne es beständig auszuschliessen.

Ich wette, du hast nie versucht im freien Feld ein Mäuschen zu erjagen. In diesem Fach ist dir noch jede Katze haushoch überlegen, weil sie kralliger und flinker, beutegieriger und konzentrierter ist als du. So ist dein Können immer nur ein Teil des Ganzen, bis du dich in Mich verliebst und damit auch das Ganze wirst im liebevollen Aneinanderschmiegen.

Ich behüte dich, wie sich zwei Augenäpfel hüten im gebannten und gespannten Gegenüberstehn. Das lässt dann Ströme des Entzückens fliessen und die Welt vergessen im beredten Einklang der damit entsteht.

Bist du so weit gediehen, dass du dich nicht vom Umfeld deiner selbst, wie angeleint, bald hier- bald dorthin ziehen lässest, kannst du dich galant in deinen Gütern halten und dich ihrer regelrecht erfreuen, pausbackig und verschmitzt, spitzbübisch und dem Seligsein erlesen.

Was dir immer frommt, kannst du dir in *Meinem* Laden kostenlos erwerben, wenn du dich nur dazu aufraffst zu diesem Zwecke ein paar Stufen hochzusteigen. Das macht dich geschmeidig und gekonnt, wissend und vertrauensvoll noch in den besten Tagen deines Lernens an des Lebens tükischem und tüchtigen Profil.

Wenn du dich Bewährst an deines Schicksals Zunder, Plunder und hochsinnigem Dich-mit-Mut-Begaben kannst du sicher sein, von Mir gelobt und mit der Schärpe der Allherrlichkeit bekränzt zu werden. Das macht Sinn und sorgt für Heiterkeit und guten Willen, Transzendenz, Gottgläubigkeit und Virtuosität im Geisterinnern, das dir bestens ansteht, im Vergleich mit den Grimassen die du täglich naserümpfend ziehst.

Mein Bratenduft steigt dir in honigsüsser Einfalt und Verbindlichkeit entgegen und lässt dich Freuden-sprünge und Verrenkungen vollführen die eines Zirkuskünstlers würdig sind am hochgezogenen Trapez. Sei so und lasse dich nicht lumpen in der Seinsgewissheit und gottseligen Erkenntnis deiner selbst im Wunderbaren.

2.9
Willst du einen Rechtsrutsch provozieren, komme stets von links daher, damit die Leute dich für einen Linken halten und versuchen, dich nach rechts zu

kolportieren. Politisieren ist ein trefflich Ding, um das Leben aufzumischen und ganz allein dafür zu sein, wo Hunderttausende mit Vehemenz das Gegenteil vertreten.

Ich vertrete *Mich* so wie Ich Bin mit allen Mitteln, die Mir zu Verfügung stehn. Meine Weise da zu sein ist nicht extrem, sondern regelt alles nach Bedarf und Sitte, Seinsvernunft und Redlichkeit, so wies die Überschauenden erstreben.

De facto ist es Mir wie nichts daran gelegen Licht und Freude zu verbreiten, wo viele Rüpel noch engstirnig auf dem Recht beharren die Weltgeschichte ganz nach ihrem Gusto umzudrehn.

Verstehn sie, sich auf Spanisch auszudrücken, drücken Sie voll Verve aufs spanische Pedal. Mutwillig achten Sie darauf, dass alle Regeln, die von ihrer Seite stammen, peinlich eingehalten werden, und betätigen die Hupe, wenn ihnen was zu zimperlich vonstatten geht.

Ich meide sie, als ob sie mit des Teufels Arroganz in Bunde ständen und nichts besseres, als aufzuschaukeln wissen, was in Friedefertigkeit und seelenvoller Stille ruhte.

Was Mir bekannt ist breite Ich in strömender Gelassenheit und Seelenaugenfrische über jene aus, die sich ein wenig Lebensweisheit, Einfachheit und Sitte anerzogen haben. Sie zu fordern und vor Unbill zu bewahren ist Mein kunstvoll aufgebautes Ziel und Meine Stärke in des Weltenwebens Limpidezza und gottseligen Verfahren.

Was von Mir kommt hat Charakter im Gedankenspiel, das Ich im Hinblick auf das Weltensein zu unterhalten pflege. Was da sinnend und besingend vor sich geht ist gottesgütiges Michselbst-Behaupten zu dem Zwecke, fort und fort zu tragen, was Ich ehrlich und gewissenhaft begann und was für Generationen Geltung hat in ihrem seinsgefälligen Bestreben. Meine Wirkung wirkt allüberall mit wunderbarer Heilkraft und erklärt sich in sich selbst, wie alles, was in Meinem Garten blüht und duftet, schmiegsam, biegsam und voll Seele seinsgediegen.

2.10

Augenblicklich wirst du schweigen, wenn Ich vor dir wie die Strahlensonne aufgeh und dich in deiner Munterkeit bewege. Der Fall ist klar: derweil Ich, in das Lichte eingezogen, von Horizont zu Horizont den Himmel überfahre, ströme Ich dir Meines Wesens Wärme und Gelassenheit entgegen. Ganz wie Ich sollst du in Zeit und Ewigkeit auf Erden zum Nennwert zu Mir auferstehn und dich fortan in voller Geistesblüte präsentieren. Mein Diktum und Gedicht belehrt dich eines besseren als du je warst und verkündet das Versorgen, dessen was du Bist, mit allem Nötigen zu deinem Seelenheil und schicken Wohlbefinden.

Drehst du auf, so überbinde Ich dir Meines Herzens Gaben, Unikate, Devisen und Spagate mit der erklärten Absicht, dich auf Meine Ebene und Liebenswürdigkeit hinaufzuziehn.

Bist du dir bewusst was da geschieht, und was dich wie ein Freudenstrom durchzieht ist locker: Lebenskraft, profunde Geistigkeit und Virtuosität zu titulieren.

Es kommt Mir sehr gelegen deiner Stätte Treiben mit dem Meinen zu vereinen, damit aus vielem kleinen ungleich grösseres entsteht, herausgewachsen aus verschiedenen riskanten Abenteuern und Blockaden.

Was dir wahrhaft hilft ist immer Meinem rätselhaften und bewundernswerten Einfluss zuzuschreiben, der beginnt und endet, wo Ich Bin und Mir zudem grandiose Geltung und bedingungslose Übersicht verschaffe. Ich setze Mich mit allen Fibern, Kräften und Bekräftigungen dafür ein, dass allesamt sich ihres Wesensseins bewusst und fündig werden. Das schafft limpide Klarheit über ihres Lebens Situation, wie Meines sanften und subtil gehaltenen Darüberstreichens. Was schon immer grandios war, wird durch Meinen Einfluss, Freudenruf und feierlichen Habitus noch viel bedeutender als es seit eh und je schon war. Gerade jetzt ist es gegeben von der Klippe abzuspringen, um in der Unendlichkeit des Meerschaums zu versinken und darauf in reiner Geistigkeit und wonnevoller Frische wieder sauber, seelenvoll und sinngemäss daraus hervorzugehn.

2.11

Bewundernswert das Rad will Ich vor dir und deinem Eigendünkel schlagen. Du machst dich lächerlich vor Meinen sanft gestimmten Augen, wenn du mit starrem Blick und scharf gewetzter Zunge Dinge kritisierst, die von Mir unvollkommen, mangelhaft untauglich, kränklich oder zugeknöpft kreiert sein sollen. Hingegen öffne Ich Mein Schulsystem freimütig und für jedermann, der tüchtig lernen will am veritablen Sein und Schicksalsleben.

Nicht ohne ist, was Ich in den verflossenen Äonen alles angepackt und zur Vollendung stilisiert und eingerichtet habe. Nichts schrötiges und brötiges hat sich von Meinen Schöpferhänden losgerungen, aber merklich ausgereiftes, komfortables und dem Göttergeist entsprechendes, der Mir allüberall zugute kommt im sinngerechten Streben.

Fällst du ob jeder Kleinlichkeit der Welt in Rage, raschelt bei Mir bloss das farbenfrohe Herbstlaub auf den Fluren. Ich zerzause nicht, doch stelle Ich behänd und folgerichtig dar, was Mir eben eingefallen ist in Meinem Götterdrang Miniaturen oder Kosmenweiten aufzublasen.

Was Ich erlasse, ist mit reissgesichertem rot eingefärbtem Zwilch genäht, der allem standhält, was ihm zugemutet wird im Übermut der Weltenzeiten.

Grimmig schaue Ich den Machenschaften zu, die von den Gaunertypen hoch gepriesen und als Meiner würdig ausgerufen werden. Sie zeichnen sich durch ihre Taten aus als Tunichtgute und verschwenderische Scharlatane, denen man am besten ausweicht, statt sich mit ihrem bulerischen Scharfsinn einzulassen im bestens eingerichteten Betriebssystem.

Willst du wahrhaft. reüssieren kommt nur *Meine* Gangart und Gediegenheit im Sprung in Frage. Vorwärtsdrängende Gerechtigkeit ist Mein Revier und Göttermetier und liebevolle Pflege dessen, was Ich vor Mir ausgebreitet habe, weiss Mein Sinn zu schätzen und mit wonnevollen Zierlichkeiten zu versehn.

2.12

Ins Packeis eingeschlossen driftete schon mancher Frachter, wie es schien, unweigerlich dem Untergang entgegen. Frühlinghafte Wärme rettet ihn wie eh und je vor dem Verderben und lässt ihn anstandslos im Frieden weiterziehn. Es ist der Ehrenpreis für ruhiges Verhalten, Wachsamkeit, Genügsamkeit und guten Willen, welcher denen zukommt, die Vertrauen in die Elemente intus haben.

Was versandet ist unfertig und muss ständig nachgebessert werden. So auch deinen Plänen haftet mancher Mangel an, den zu beheben Tüchtigkeit gefordert ist in deinem Hauptquartier. Hast du dir überlegt, wie zügig und verbindlich Ich die Rechnungen begleiche, die für alle Welt noch offen stehn, wogegen deine bis zur Mahnung im Gedächtnis immer mehr verbleichen.

Geht es so weiter, geht nichts mehr und du frägst dich folgerichtig, wo denn alles hingegangen sei, was du so vehement vertreten hast mit deinen mickerigen Füssen.

Muss es denn sein, dass du vergesslich bist, wenn es sich darum handelt, was du dir vorgenommen, zeitig zu erledigen, statt wie mit Baggerstössen vor dir her zu schieben. Kunstvoll ist die Fähigkeit zu nennen, alles Kleinliche, was ansteht, sogleich hinter dich zu bringen, damit du vor dir freie Bahn geniessen kannst in vollgesognen Zügen.

Die Schwemme schwemmt hinab, hinunter und lässt vieles, was noch brauchbar war, auf Nimmerwiedersehn verschwinden. Dem sollst du Beachtung schenken, Raum und Virtuosität im tunlichen Sortieren. Kaum ist aufgeräumt, so fängt der Wirrwarr wieder an sich auszubreiten und dabei bist du von Mir gehalten, saubere Gesinnung und Gesittung an den Tag zu legen. Das geht so weit, dass sich dein Umfeld stets im Zustand angemessner Reinlichkeit befindet, die der Seele wohltut und die Welt, in der du lebst, zu einem Tempel der Holdseligkeit und Unversehrtheit stilisiert von deinen wie von Meinen wonnevollen Gnaden.

Willst du retten, rette dich zuerst in höhere Gefilde und verströme dich von ihnen in das hungrige und sehnsuchtsvolle Weltgefühl. Seinem Duktus sollst du folgen und so viel du kannst das Ängstliche mit Mut befrieden um es zur Wendung, Wandlung und verehrenswerten Tugendhaftigkeit und Seelen-seligkeit zu führen.

2.13
Weimar ist vordem ein unbekanntes Nest gewesen. Ein Einzelner jedoch hat es schlankweg zur Welt-berühmten und gefeierten Bravour erhoben. Liesest du Romane, so findest du in seinen manche Wendung von bewundernswerter Raffinesse und bezauberndem Humor. Gerade das jedoch kannst du bei Mir auch unverholen und begeisternd finden, gratis und in aller Herren Sprachen noch dazu.

Überhaupt Bin Ich mit keinem, noch so fabelhaften Kürassier und Kronenträger zu vergleichen, weil Mein Renommee und Meine Richtigkeit von allem Anfang an Vortrefflichkeit und Mustergültigkeit geatmet hat und die bis dato nicht verblasst sind weder vor den Seher- noch den Blindenaugen.

Dir stände es wohl an ein wenig mehr in Meinem Sinn und Geist zu werkeln, um wenigstens in deinem Städtchen als berühmter Sonderling zu gelten. Das poliert dein Image trefflich auf und lässt dich in der halben Welt als Bijou und touristische Attraktion erscheinen.

Was gilts, du trägst, wohl ohne es zu wissen, enormes Potenzial in deinem siedend heissen Blute. Es mit vollem Recht gehörig an den Mann und an das weibliche Geschlecht zu bringen muss dir doch gelingen, lang noch eh dir deine Lebenssonne untergeht. In Meinem Reich ist nicht nur viel doch alles alsogleich gewonnen, wenn du es betrittst mit Ambitionen, die weit über das Gewöhnliche und Wohlgemeinte gehn.

Du stellst dich vor Mir dar als einer der da will und will sich an Mich schliessen mit der Unbedingtheit reinen Seinsvertrauens wie dem schöpferischen Flair, das ihm durch Meine Gnade zuströmt in bedeutenden und übervollen Massen. Wie der Wind geht dann die Sage um im Volke: hier ist ein blitzblanker und bewundernswerter, starker und gottinniger Prophet erstanden, dem zu folgen sich in jedem Falle lohnt und der das seinsgewisse Etwas intus hat von göttlicher Brisanz und geisteswirklichem Betragen.

Ein buntes Blatt ist so ein Meister, reif vom Gottesbaum gefallen und in seiner Güte für die Welt ein wonnevolles, eternelles und bezauberndes Fanal.

2.14

Ausgebüxt und eingefangen will Ich dich an Meinem Hofstaat sehn, um dir noch manches beizubringen, was dir angemessen ist und was dein Renommee vor Mir vermehrt in markanten und erstaunlich positiven Zügen. Glaubst du denn, Ich sei von Pappe, wenn du ein penibles Bittgesuch herunterleierst und glaubst Ich könne dafür etwas weltbewegendes vollbringen. Da braucht es schon bedeutend mehr mit einer Herzensinbrunst ohnegleichen und einem dauerhaften Einsatz über Inkarnationen.

Meine Bitten an dich wiegen penetrant und schwer und können nicht in zwei, drei Atemzügen abgehandelt werden. An allem Anfang muss die Überzeugung stehn, dass es Mich gibt mit Geisteshaupt und -haaren und dass Mein Einfluss Berge, Meere, Täler und gar ganze Welten leichterdings versetzen kann, dorthin wo sie gerechterweise hingehören. Das ist Mein Traum und auch Mein Trauma, dass so viele Tüchtige vorhanden sind und dass noch allzuviele tatenlos herumvagabundieren, ohne sich der Würde und des Wertes ihres Daseins klar zu werden.

Indes klein beizugeben ist nicht in Mein Pflichtenheft geschrieben. Mein selbstgewählter Job ist es, die Erdenweltendinge, wie die kosmischen, konstant voranzubringen nämlich über Zeiten und Äonen hin, die Mir in Wirklichkeit zur Ehre und zum alleinigen Verdienst gereichen.

Was macht die Hühner fett und die Bäuche der Proleten knackig, wenn nicht Meine prosperierenden und wohlgepflegten Äcker um Mich her. Du sähst und erntest ohne dich gefragt zu haben, woher das Saatgut kommt und wo die Kraft in ihm, sich hundertfältig zu vermehren. Es ist nicht selbstverständlich, was da *ist*, und du solltest dir bewusst sein, dass Ich ständig in und ausser allem regsam Bin und regelrecht in ihm rumore. Mein Geschäft ist es, für jedes Gräslein auf der Wiese und für jedes Kückchen in der lampenwarmen Brut die angemessne Sorgfalt und Verantwortung zu tragen. Das generiert Gedeihen und Erfolg in allen Sparten und Spezifikationen Meines Wirkens und Verhaltens im Allhier. Nichts ist umsonst, was Ich vor aller Augen lege und was von Mir zu dir kommt soll beglückend und erhebend sein in den Arabesken Meiner götterlichten Taten.

2.15

Das Verlandete kann mit Geschick und gutem Willen wieder brauchbar und dezent, vorteilhaft und wohnlich hergerichtet werden. Wie immer du es haben willst, lass Ich bewirken durch die Hände Meiner Helfer im von dir bevorzugten Quartier. Hast du`s gerne gross, so rate Ich dir deinen Geistes- horizont zu weiten bis zu den letzten Fernen hin. Schnappst du dort ein, wohin Ich dich in aller Form und Fülle hingeführt und angemeldet habe, helfen dir die findigen Geister weiter in gottseligem Beeilen.

Was immer dir gelegen kommt leg Ich mit Anmut und begütigenden Gesten vor dich hin, um deinen Eifer im Verlangen trefflich zu befrieden und um dir damit höchste Ehre zu erweisen.

Überhaupt kannst du das Gute das dir zukommt als von Meiner Seite aufgehäuft und an dich versendet denken, um dich aufzuheitern und befrieden für dein allerbestes Resümee.

Gang und gäbe ist es bei Mir, dass die guten Leute durch Mich besser und geschickter werden und die schlimmen noch dazu.

Selbst die Tüchtigsten Grampoli und Vertreter jener Rasse, die beständig reklamiert, Bin Ich imstande auf den Weg der Besserung zu bringen und der Weitsicht im Sich-selbst-vor-Karambolagen-zu-Bewahren.

Die Tugend ist ein teuer Ding, das schon von Jugend an gepflegt und aufgemöbelt werden will, comme fou. Das macht dich unangreifbar und begrifflich für die Wesen deiner Welt vom Aufgang bis zum Niedergleiten Tag für Tag. Ich dränge nicht und Bin doch sehr bestrebt, an dir ein Merkmal, Muster und Relikt zu statuieren, dem man nur das Beste zutraut und sich ihm vertraut wie anno dazumal. Gerecht ist es und billig so mit dir in allem Eifer zu verfahren, wie du es schon immer wolltest und wie es auch dem Habitus entspricht von Meiner Seite im Die-Welt-mit-Artigkeiten-zu-Verwöhnen.

Das Leben ist so süss, wenn es mit Anstand und Besinnlichkeit genossen wird und würdigem Betragen. Dass du es nur weisst: Ich Bin jederzeit bei dir und deinen Wirklichkeiten, um dir Mein Wohlgefallen zu bezeugen hier wie in der Einheit allen kosmischen Gewaltens.

Schön der Reihe nach will Ich dir von Meiner Wallfahrt zu Mir selbst das Wichtigste erzählen. Sachte, somnambul und pfeilgerade wird es dir gelingen, deinen Eigenwert zu kennen und zu pflegen. Mit akribischer Geduld beginnst du dein Gebaren und damit dich selbst zu kontrollieren mit dem strahlenden Erfolg, dass deine Lebensschritte klarer definiert, verbindlicher und unbefangner werden.

Du stehst dir selbst nicht mehr im Weg, derweil es gilt gekonnt und zügig, zielgerichtet und geflissentlich voranzukommen auf der Achse der Vernunft und des vernünftigen Dich-Benehmens.

Von vielem, was du tust, kann Ich Mich überzeugen lassen, doch hapert es noch allzu oft an deiner Einsicht, dass *Ich* wirklich hinter allem steh und es beflügle und befördere im universenweiten Weltgeschehn.

Wie kannst du nur so fahrig und naiv sein, anzunehmen, dass Mein Wille nicht vom Zentrum Meiner selbst gezielt und haargenau zu deinem mikroskopisch kleinlichen hinüberreicht, um es in *Meinem* Sinn und Geist zu formen und belehren, selbstlos auf dein Selbst bezogen. Wohl steht es dir an, in lauschender Gewandtheit Meinen Argumenten Folge und Verbindlichkeit zu leisten. Das öffnet deine wie auch Meine Grenzen und lässt alles, was wir *sind*, gemächlich ineinanderfliessen zu der einen, grandios ins All gebreiteten und vielbesungnen Seinssubstanz, von der die Weltenwesen alle schlankweg und genüsslich zehren.

O holde Unschuld, möchte Ich dir ins Gewissen buchstabieren, in wie mancher festgefahrner Ansicht musst du dich noch bei dem Näschen packen, um es tüchtig vor dich hin, vor allem in die Länge wie die Höhenluft zu ziehn, damit es eine wahrhaft positive und bewundernswerte Änderung erfährt in seinem unerhofften Bluten sowie merkantilen Tuten.

Ich habe für dich den Begriff der Unchuld, Reinheit und Gewissenhaftigkeit geprägt, die dir die Möglichkeit Mir nah zu kommen felsenfest und locker, liebevoll und spiegelblank gewähren. Sinne nach und sinne dich zu Mir hinüber in der Wonne des Gerechtseins an des liebevollen Lebens Wohl.

2.16

Hast du tüchtig ausgeschieden was dich noch mit Schlacke und Geschmier behelligte in deines relevanten Lebens Zünftigkeit und Ziel, sollst du wissen, dass es Mir genauso ging wie dir in deinem multiplexen und verehrenswerten Höhwärtsstreben.

Wenn du schon zählen willst, so zähle dich zu Mir, der sich in deinem Weltenschauplatz wie ein patiniertes Geistesmonument erhebt seit geraumen Ewigkeiten.

Das Lässige in deinem anspruchsvollen Sein und Leben lass nun endlich in die Ferne fahren und verbinde Meine Nähe mit der deinen, indem du traulich wirst und tapfer, liebenswürdig, lauter und auf Anhieb familiär in Meinem wie in deinem Kontext und Verfahren.

Ich stehe tausendfältig ein für das, was Ich Mir selbst zu tun und zu bestreiten vorgenommen habe. Das endigt den Verdruss am peinlichen Versagen und bringt Erfüllung aller Wünsche, die ins ausgezeichnete und sagenhafte zielen.

Gewährst du dir ein Schlummerchen, gewähre Ich dir Abstand von dem Lärm der Welt zu spüren, um endlich einmal richtig aufzutanken und ein wenig abzutakeln auf der Seinsfregatte, die das still gewordne Lebensmeer geruhsam und gemächlich, sonnbereift und träumerisch befährt. Ich liebe es bescheiden und trotzdem bewusst, beharrlich, anspruchsvoll und radikal zu sein, in Meiner Freundlichkeit und Wohlbesonnenheit am mustergültigen Agieren. Es weht der Wind der Zuversichtlichkeit sanftmütig, unbedenklich und manierlich über Meine wohlgeformten Auen und hinterlässt den Wohlgeruch der Reinheit und Glückseligkeit am waltenden Geschehn.

Kannst du es begreifen, dass unter Meines Willens Wucht und rigorosem Marschbefehl in aller Welt das Maximum geschieht, was überhaupt geschehen kann, in so und so viel Tagen, Jahren und Äonenläuften Meiner Seinserfüllung zu. Das ist hohe Götterschule und soll auch dich mit wachsender Begeisterung und Stolz erfüllen, dass du weisst, Ich Bin dabei und Bin die Krone der bewundernswerten Schöpfung, deren Ich Mich rühme im beständig ausgesungnen und von Mir wie dir bewusst erlebten Halleluja.

3

Meiner Allpräsenz und Wirklichkeit entgegen

3.1

Noch hell und wach vom Jenseits flüstern dir die vifen Geister vor dem Throne Gottes ihren Wahrspruch und ihr Resümee entgegen. Deine Herzenshaltung soll devot und gläubig sein, Meiner Allpräsenz und Wirklichkeit entgegen. Machst du alles richtig nach dem Mass das Ich exakt für dich und deinesgleichen ausgehoben, trete Ich mit solcher Vehemenz für deine Sache ein, dass sie dir unbedingt gelingen muss im Wirrwarr voll besetzter Zeiten.

Ich verkünde Wahrheit mitten in den Schwarm der Unwahrhaftigkeit hinein, den die guten Leute unversehns und kräftig zu verbreiten pflegen. Das macht Sinn und stellt die Ordnung bestens wieder her, die Ich zu Meinem Seinsprinzip erhoben habe. Du warst, noch unbewusst, dabei, als Ich der Weltenevolution den ersten Schwung verpasst und angemessen habe. Da wirkten alleweil noch geistige Erkenntnisse von überragender Beweg-lichkeit, Wahrhaftigkeit und Gottesgüte, die alles aus dem Felde schlugen, was nicht wohlbedacht und koscher war.

Trägst du dein Wesen wie auf Wolken federleicht voran, bedeutet das, dass du dich Meiner Schau und Gültigkeit gemäss verhältst im zweifellosen Meines redlichen und unabkömmlichen Verhaltens. Somit steigern sich die Worte „Gott ist gross", bis ins Unendliche hinein, das Mir bewusst ist, als das non plus ultra aller seinserhabenen Begriffe, Wunder und Erleuchtungsstufen.

Was es auch immer von Mir heissen soll, Ich plane keinen Aufstand, weil Ich längst in aller Minne und Gerechtigkeit, Wohlfahrt und Bewusstheit auferstanden Bin im Wesentlichen Meines Götterseins und -wesens. Das schafft den Minikrimen Unterschied im Seinsgefühl zwischen dir und Mir und macht glaubhaft und gediegen, sauber definiert und richtig was Ich von Mir halte und als absolute Wahrheit und Verbindlichkeit, Erkenntnis und Robustheit definiere. Schau zu, dass du es von Mir übernimmst und Herzenswonne pflegst wie Meinesgleichen.

3.2

Edelweisses Licht hab Ich Mir abgerungen, um die Weltenszene angemessen zu beleuchten durch den lieben langen Tag. Unsereiner ist wie nichts darauf versessen, den höchsten Anstand, Kontext, Habitus und Heilbronn zu bewahren, die Mich alleweil im Sinnspiel und Äonenschreiten vorwärtsführen.

Ich unterliege nie und seien noch so viele Kämpfe, Krämpfe, Waffengänge und Klamaucke angesagt bis hinein in Meine gute Stube, wo im üblichen der Friede, die Beschaulichkeit und seelenvolle Stimmung der Gelöstheit dominieren.

Gibt es für Mich was zu tun, so weiss Ich schon zuvor wie gut und gnädig es sich präsentieren wird im Wandel der holdselig aufgemachten Himmelsweiten. Von diesen strömt bedächtig und gekommt die Weisheit und getragene Erbaulichkeit von Meiner Art ins Irdische hinüber, um es zu befruchten und mit gottseliger Vernunft und Würde zu versehn.

Tatsächlich kannst du dich bei Mir um keinen Deut beklagen über die Verhältnisse durch die du unbedingt zu waten hast in deinem aufgepuschten Leben. Die hast du selber eingebröckelt und geprökelt für die langgedehnte Reise durch den

Abgrund und die Höhenzüge, die dir zur bodenständigen Verfügung stehn.

Selbst ist der Mann kann durch das Selbst der Frau
beliebig weit erweitert und befestigt werden, sowohl
im eigenen Haushalt wie in dem der vielen
abenteuerlichen Knacker, die in deinem Weltsein
wild und würdig durcheinanderfluten. Da braucht es
gar nicht viel bis sich Zusammenstösse, Konfron-
tationen und Beschuldigungen noch und noch
ergeben, denen nur durch Zugeständnisse, Wohl-
wollen und Beschwichtigungen beizukommen ist.

Gehst du von hinnen musst du das Erlebte in der
Limpidezza des Bewusstseins mit dir weitertragen,
damit du es verbessern kannst in den vielen
Inkarnationen, die dir im Seinsbetrieb und Trachten
noch bevorstehn.

Das ist der Stand der Dinge in dir, sowie weltenweit
gesichtig um dich her. Ergreife und veredle ihn, um
einst in Götterherrlichkeit sowie im Wohllaut reiner
Herzenswonne zu erglühn.

3.3
Populär in *Meinem* Sinne bist du nur, wenn dein
Antlitz Liebe, Güte, Redlichkeit und Wohlbefinden
strahlt in vollem Seinsgenügen. Ich befinde Mich in
einem Zustand von erhabener Geduld und wissen-
schaftlichem erklären dessen, was Ich Bin, in der
Bedeutung Meines Götterseins und Wesens. Das
ist schon recht viel und muss in aller Schlichtheit auf
der Seite der Gerechten Gottes liegen, die ihrem
Sein das Beste abgewonnen haben.

Spielst du mit Karten sieh dich vor, dass sie nicht
gezinkt sind, womit dein Gegner hofft das Spiel zum

vornherein de facto zu gewinnen durch gemeinen, finsteren Betrug. Die Meinen kann Ich ohne weiteres und ohne Zittern offenlegen, wenn es von irgendwem gewünscht wird in der Runde der nervösen, zigarettenfingrigen, lichtscheuen Spieler auf Gewinn um jeden Preis in ihrem Krämerladen.

Bei Mir gilt nur, was glasklar und gediegen, offensichtlich und dezent vor aller Augen liegen kann, ohne dass Ich Mir auch nur die allerkleinste Blösse zuzuhalten habe. Das heisst: vom Fach sein derer, die sich in die liebevollsten Geisteshöhen aufgeschwungen haben. Bist du so, so Bin Ich es noch um Potenzen mehr und kann Mich rühmen, alles recht gemacht und mit Erfolg und Kompetenz in Mir verankert und vertaut zu haben.

Für Könner und potente Lebenskünstler ist das selbstverständlich, was für Myriaden andere noch wie ein fassungsloses Tuch vor beidem Augen liegt und ein Geheimnis macht aus dem, was Mir aufs Trefflichste bewusst ist in der Klarheit Meiner Meisterzüge. Du triffst den Nagel auf den Kopf, wenn du dir eingestehst, dass an deinem Wirken und Gehaben noch vieles, wie das Härchen in der heissen Suppe, auszusetzen und damit auch auszumerzen ist in der Charakteristik deines lernbegierigen Wesens. Kenne jedoch keine Sorge um dein täglich Butterbrot. Solange Ich es regelrecht beschmiere kann dir nur das Allerbeste, Wonnevollste und dem wahren Sein gewidmete geschehn.

3.4
Wer immer hofft kann auch auf Meine Hilfe hoffen in der mittelgrossen bis zu zentnerschweren Not. Ich steche unbekümmert in die Blase die sich

vollgesoffen hat mit deiner Art zu werkeln und den Leuten auf die Zeh`n zu treten. Meine Absicht ist es lächelnde Gesichter und verschmitztes Augenzwinkern zu kreieren, in der Seele friedevollem Seinsgelass und köstlichen Begehren.

Hast du den Notruf blinken sehn, so rudere geschwind und hilfreich zu dem Stelldichein, von dem er ausgegangen und ziehe, wenn es sein muss, an den Haaren Rettung aus dem wogenden Gebrause und Gestürm.

Mir ist es gerade recht, als der allgemein ersehnte Salvatore aufzutreten, der den Karren wieder gängig macht, der verlassen daliegt im verrottenden System.

Hast du den Willen, führt Mein Weg bei dir vorbei und führt dich in die wundersame Seinsbastei, die Ich akkurat für dich begründet und aufs Beste unterhalten habe in der Hoffnung, dass du kommst und Mir die Treue hältst in deinem Alles-mehrfach-Hinterfragen.

Ich schiebe nichts auf die berühmte lange Bank in Meinen gottbegnadeten und zielgerichtet zum Erfolg geführten Unternehmungen, die jederzeit in Glanz und Glorie erstrahlen. Mein Eigensinn und Meine Schenkung an Mich selbst stilisieren Mich zum Sieger in jedem noch so auf und wendigen Projekt, das Ich gebieterisch an Mich gerissen. Schön ists jederzeit daran zu denken, dass Mir alles wohlgelingt, was Ich in Meinem Sturm und Drang, Geflüster und Gezeter angerichtet und wohlweislich terminiert wie an den schmerzlichen Verzugszins angebunden habe. Somit ist es Mir ein leichtes wie ein anspruchsvolles, Meine Pflichten pünktlich zu erfüllen und den angemessnen Nutzen und Gewinn daraus zu ziehn. Meine Brücke zum Erfolg heisst: schwebeleicht darüber gehn und nur an das zu denken, was Ich Mir als Ziel vors wachende Gemüt gesetzt und eingetrichtert habe.

Es kommt Mir sehr zustatten, dass in Meinem Seinsbrevier schon alles rot markiert ist, worauf Ich ganz besonders achten muss in Meinem all-gemeinen wie besonders aufgetakelten Betragen. Das kreiert zustimmende, nickfreudige Gesichter und lässt den Schwall der Herzen Mir entgegen-schlagen wie die Wogenei ans firme Ufer, wie der Sakristan an die verschlossene Tür. Sogleich will Ich sie öffenen und dem Volke Einlass und Relieve gewähren im Unendlichen von Meinem seins-bewussten und glückseligen, wonnevollen und erhabenen Mir-selbst-aufs-Trefflichste-Genügen.

3.5

Wer weiss sich besser und nachhaltiger, tänze-rischer und betuchter mit sich selbst zu unterhalten als gerade Ich in Meiner Eigenschaft als Götterwille, Wohlverstand und liebevolles Mich-ans-Welten-sein-und-Sinnen-Schmiegen. Meine Wirklichkeit entspricht dem Ursprung aller Dinge und Gewalten in des Alls verzärtelten und von Mir freigesetzten Perspektiven grandiosen Stils. Nun deute Ich Mein götterlichtes Seinsbedeuten in dem Sinne, dass es sich gewissermassen selbst erfunden und bisher auf`s Tunlichste bewährt und ausgesprochen hat in allen seinen Fabelhaftigkeiten, Funktionen und sich selber zu gehaltenen Mandaten.

Alles was Ich unternehme ist so vielversprechend und mit Genialität gespickt, dass männiglich begeistert ist davon und wunderfitzig, wie das weitergehen soll auf diesem allerhöchsten Niveau und gottseligen Gehaben.

Ich verschwinde nie, wenn Ich auch noch so seinsgeschwind und zeitenfroh auf alles reagiere, was auf Mich zukommt und Mich dazu ansport immer besseres und sagenhafteres zu leisten. Wo auch immer Ich ins Leere greife ist auf einmal höchst bewundernswerte Fülle da und strotzt vor Leben und begeistern an sich neu entfaltenden Realitäten und Begriffen von der Götter Seinsgeschliffenheit und Sich-ins-Allherrliche-Erheben.

Was Mir bekannt, geläufig und bedeutsam ist, wird bald einmal wie abgemacht auf deinen Listen und Programmen figurieren. Dann bist du fähig mit Gedankenschärfe, penetrantem Willen und herzinnigen Gefühlen so geschickt zu operieren, dass ganze Himmelswelten neu und fabelhaft erstehn im grandiosen Ganzen wie im mikroskopischen von Meiner Zucht und Zierlichkeit und Götterwahl.

Ich gebe allen zu bedenken, die da *sind*, dass es sich lohnt Bewusstheit von dem allen zu erringen, was da *ist* und was die grossen Seher und Belehrer sich voll Willenskraft, Geduld und Liebe angeeignet haben. Das wirkt und wirkt schlussendlich auch in dir und deinem unermüdlichen und tapferen, bewundernswerten und erfinderischen Seinsgestalten.

3.6

Wer überwacht dein Sein und Wesen besser als das Meine in der Welt wie in der Unerschöpflichkeit der Weltenzeiten? Mich kümmerts, wenn der Kummer dich beschleicht, Mich geht es ganz besonders an, wo immer du im Leben aneckst und dir das Weh aus deinen feuchten Augen spricht in schmerzlich aufgeworfnen Situationen. Bist du betrübt und irgendwie betrogen flüsterte Ich dir zu: es gibt noch Hoffnung und wenn du ausharrst, blühen dir die fein geschnittnen Rosen wieder. Was deiner Seinsnatur bekannt sein sollte ist, dass Ich dich zweifellos in jedem Augenblick mit Meiner Geistesgegenwart beehre, um deinem Dasein den ersehnten Schliff von Güte und Gehorsam, Gravität und Seins-gewissen zu verleihen.

Dein Gegenwärtiges ist unfehlbar und mit besondrer Akribie, mit allem was Ich Bin aufs innigste verbunden und gewährt dir Schutz und Anerkennung deiner Güter, massgeschneiderte Behandlung wie das Überall der ganz persönlichen und angemessnen Geistigkeit, von der auch Ich beständig und inständig zehre.

Was Mein Wille ist, hast du bestimmt schon oft und oft an deinem eignen Leib erfahren und was du zur Erfüllung tun kannst, muss dir ungemein plausibel, rechtschaffen und gehörig intus sein in deinem zügigen und vielversprechenden Rochieren.

Ich erwäge und erweitre was du dir Bist in vollen runden Zügen und bescheinige dir Meine Absicht, nur das Allerbeste, Tunlichste und Wonnevollste mit dir vorzuhaben. Das regt dich an zu gottgefälligen und wundervollen Taten, welche dir wie Mir das Lächeln der Gewogenheit wie das des heiteren Besinnens abgewinnen Tag für Tag.

Ich pflege niemals etwas schön zu reden, ohne dass es wirklich heiter ist und vielversprechend in Bezug auf Krisensicherheit und Heiterkeit in allen noch so wirren Lebenslagen. Das ist Mein Credo und soll auch das deine sein durch Mein ereignisvolles und glückseligmachendes Dein-Sein-Behüten.

3.7

Kronzeuge Meiner eigenen Recherchen nenne Ich Mich, ohne dabei rot und blau zu werden. Diese Wohltat und Gefälligkeit, Manufaktur und Fülle soll auch dich einmal mit Urgewalt beseelen.

Kannst du horchen, horche nicht zu viel in dich hinein, sondern lass den Liebeston des Alls ganz leis und licht in dir erklingen. Mein Wortschatz ist in Melodien eingefüllt von namenloser Schöne und verbindet was du Bist auf Lebenszeit aufs Traulichste mit dem was Ich Mir Bin seit Ewigkeiten. O holde Unschuld, will Ich dich an seligen Endes Lager einst benennen können, weil dein Tun und Lassen mählich und konstant mit kindlicher Begrifflichkeit und wunderbar beseeltem Seinsgefühl vonstatten geht. Es ist ein gläubig und gekonnt gefiedertes Umfangen Meiner Seinspräsenz, in das du dich vertiefen sollst voll Kraft, Waghalsigkeit und Lebensenergie.

Kommst du Mir nah, so soll es dir bewusst sein, dass du dich dem Allerhöchsten angleichst und dich an den Zauber schmiegst, den Ich mit Vehemenz, Gutmütigkeit und einem liebevollen Allianzgefühl stets hochzuhalten, pflege.

Nicht zimperlich doch zukunftsträchtig und aufs äusserste entschieden sind Meine Schritte, wie du weisst, dem Universensein entgegen, das Mich und alles mit der veritablen Seinsgewissheit, Unbekümmertheit und Seelenseligkeit begabt, wie sie von jedermann ersehnt sind, in des Himmels lichterfülltem Blauen.

Wahrlich klage Ich nicht an, was noch der Fülle und Vollkommenheit entbehrt, die Ich für ein und alles vorbereitet und zum Zugriff dargeboten habe. Nimm und sieh wie köstlich sich das Sagenhafte anlässt, das in deinem Herzblut keimen soll und wachsen bis zur seinsvollendeten Skulptur.

So und somit trachte Ich danach, dir aller Tage Seinsgefühl und Frieden zu vermitteln, die dir gar wohl und wollig anstehn in den winterlichen Grüften wie im warm- und lichtgefühlten und erfüllten Universensein, zu dem Ich dich seit Anbeginn berufen.

3.8

Optimal gediehen und mit Mir verlinkt ist alles was Ich je erschaffen und ins All geworfen habe. Das ist de facto sehr viel mehr als du dir je erträumen könntest in deiner offensichtlichen Beschränktheit, Kleinkariertheit und Belämmertheit, wenn's um die Taxierung und Bewunderung des Ganzen geht.

Ich liebe alles, was da *ist*, derweil Ich Mich in allem seinslebendigen und veritablen heimisch fühle. Was Mir recht ist, kommt auch dir aufs Wohl-bekömmlichste zustatten und beglückt dich in der Eigenart, Gottseligkeit, Wahrhaftigkeit und Aufge-schlossenheit, die dir von ihnen eigen.

Keiner zu klein ein Helfer zu sein, ist die von Mir geschaffene und ausgegebene Parole, welche darauf hinweist, dass Mir alle gleich viel wert sind in der langen, lässigen Tabelle, die Ich zu diesem Zweck verfasst und der allgemeinen Ansicht preisgegeben habe.

Gute Nachricht kannst du nur von Mir im Lauf der täglichen Betriebsamkeit, die Ich inauguriert und anstiess, mit sottiler Sicherheit erwarten. Das kommt daher, dass Ich von A bis Z Bescheid weiss über alle Transformationen und Transaktionen, die sich behutsam und robust im Weltenall vollziehn.

Da kannst du nur von Glück und Glanz, Gerechtigkeit und Resolutheit reden, wenn es dir bewusst wird, wie gerissen und gelassen, Wohlgestalt, krisensicher und galant Ich alles eingerichtet, ausgerichtet und in Meiner Mitte aufgeschichtet habe.

Relevant und unbedingt auf Mich bezogen sind sogar die Allerkleinlichsten und Peinlichsten Begebenheiten, die du ohne jeden Argwohn und zumeist in aller Unschuld produzierst und für deine Eigenheit und Selbstbewusstheit reklamierst. Das sollte dir bewusst und überfällig werden in der langen Leitung, die Ich bei dir tagtäglich konstatiere. Nicht Widerwillen ist es, was dich dazu führt, so aggressiv, gesetzeswidrig und brutal zu sein, sondern kindliche und kindische Zerfahrenheit im Höhwärtsstreben.

Dennoch wird sich alles dir zur Wonne wenden wie zum Herzensglück in deines Daseins seinsbewusstem Tagen.

3.9
Wer immer Rettung sucht kann sich an Meinen krisensicheren und festgekrallten Anker halten. Das ist schon recht viel, wenn man bedenkt wie vieles noch als sehr bedenklich und labil taxiert sein muss in Meinem universenweiten Weltgestalten.

Willst du bieder sein und nichts als fromme Lieder singen, singe Ich getreulich mit, doch so kommst du nicht eben weit mit deinen Sprüngen auf des Lebens Aschenbahn.

Meiner Klarsicht ist es zu verdanken, dass nur wenig schief geht im Vergleich mit dem was aufgerichtet und galant, mit Mir ebenbürtig und geeicht, dem Ziel entgegenstrebt das Ich ihm weislich und getreulich vorgegeben. Klitzeklein sollen die Bedenken sein, die sich im Kontext mit dem was Ich weltweit unternehme in dein Kleinhirn drängen. Vielmehr soll sich alles, was da abläuft, wie ein einzig Weltenwunder vor dir offenbaren und dich zutiefst begeistern in der Art und Weise seines selbstbewussten Existierens.

Mein ist dein hat schon immer recht beschaulich und begrifflich in dein hochempfindlich Ohr geklungen, um dir deines Wesensseins Bedeutung und Gewicht plausibel und bewusst zu machen. Bei Mir ist alles konstruktiv und nachvollziehbar, seinsbegrifflich und mobil gehalten, was natürlich dazu führt, dass in ihm der Fortschritt an sich programmiert und ausgestaltet ist nach Noten.

In Glänzen wie im Dich-Umschwänzen Bin Ich grandios und nutze jeden Augenblick, um noch mehr Raffinesse und Finesse drauf und drein zu legen. Hulterpulter kommt Mich niemals an, dagegen punktgenaues Zielen und erfassen der Gegebenheiten, die Ich verteidigen oder ihnen den Garaus zu machen pflichtig Bin. Geht dir etwas flöten so kann Ich es mit Leichtigkeit und Nonchalance geschwind zusammenlöten eh der Schaden Risse zeitigt von bedauernswertem Mass.

Was Ich immer konnte habe Ich mit Freude und Geschick moniert und repariert und Bin so mir nichts dir nichts zum gewandten Klempner, Renovierer und Besänftiger im Grossformat geworden.

Bildest du das nach, so führt die Herzenswonne dich zu Mir hinüber ins unendlich wohldotierte Seinsgemach.

3.10

Latwerge aus Schösslingen der Tanne ist auf dem flachgestrichnen Butterbrot mit ultimater Wonne zu geniessen. Kein Wunder, hab Ich dir Geschmack, den Riecher und noch zehn weitere, das Dasein zu bedienende, Sinne mit auf den Lebensweg gegeben. Durch sie bist du vif und beweglich übers Weltgeschehn moniert, damit es steuerbar be-dauerbar und zügig sei und nie genug zu schätzen in dem Milieu in das du dich hineingeboren.

Konterkariert und karikaturiert triffst du vieles an, was sich in einem wunderbaren Ebenmass und Sinngedicht bewegen sollte, um dem zu dienen, was da *ist*, statt es zu korrumpieren. Zwar bist du frei im Dich-durchs-marketänderische-Leben-zu-Bewegen, doch eggst du bald einmal an den bestaunenswerten und unendlich griffigen Ge-setzen an, die *sind* und die dir Halt gebieten, wo dich ein Leckerbissen ins Verderben locken will. Das moduliert das seinsgerechte Dich-Verhalten und schenkt dir wahre Freiheit geradewegs durch sie und durch dein Dich-getreulich-an-sie-Halten.

Vifen Geistes sollt du von Ereignis zu Ereignis springen, um in ihnen aufzublühn und um tagtäglich deine blauen Wunder zu erleben. Nicht zuletzt in

Firmen mit Format erfährst du, was gestattet ist und statthaft in der Fülle deiner Traditionen

Du krempelst alles um, wenn dich die Lust zum krempeln ankommt und kaufst dir neue Dinge, die du gar nicht brauchst in deinem überschwänglichen, verfänglichen Benehmen.

Du schreibst und schreibst und bleibst doch mit dem munteren Gedankenfluss des öfteren an derselben Stelle stehn, wo es doch weitergehen sollte, wohlüberlegt in köstlicher Manier. Das ist, weil sich dein Kleinhirn anstrengt etwas nettes zu gebären, derweil dein überragendes und seinsbewusstes bestens wüsste, wie es weitergeht.

Oft bist du blind befangen in den eigensinnigen Verwirbelungen im Gedankenpool. Lass Mir freie Hand und du darfst dich im Nu als wie im Rosenbeet behütet fühlen. Ich verbreite Spass, wo du es gar nicht lustig findest und belustige dein Leben aus der Fülle Meiner fantasievoll dargelegten Inspirationen.

3.11
Allbereits wär Ich mit allen Meinen Gütern von hier ausgebüxt und in eine andre kosmische Genossenschaft geflitzt, doch habe Ich Mich auf den Treueschwur von einst besonnen und Bin geblieben, wo Ich bisher heimisch war.

Überrascht Bin Ich vom Spektrum Meiner alternierenden Ideenfülle, die sich wie ein Mückenschwärmen auf und niederwärts bewegt in sagenhaften Variationen.

Ich probiere an Mir selber aus, was respektabel, gängig und erfolgreich sein kann in den Zeitepochen, die Ich Mir zum Ziel gesetzt und als vernünftig bis zur Seinspriorität hinaufgestuft und abgesegnet habe.

Kunstvoll und gelassen ist Mein Seinsverhalten überall wo Ich mit Werken unterwegs Bin, die von Genialität und Können, Mustergültigkeit und Tiefsinn triefen. Das kann auch dir zum Vorbild, Vorteil und Begriff gereichen für noch viel mehr in deinem Ministerium von Angst und Bangen, Überschwang und Sozialität im hausgemachten Seinsumfangen.

Gelind gesagt fällt Mir nichts schwer, was Myriaden anderen wie Bleidampf und Verkrustungen auf der geduldbegabten Seele liegt. Doch müssen sie dies alles regelrecht prestieren damit ihr Dasein Formen annimmt von bewundernswertem Götterstil. Ich meine nicht zuviel, wenn Ich dich wie alle der Vermutung zeihe, dass sie in des reinen Seins Gefieder wohlgeborgen sind oder es in wunderbarer Einigkeit mit Mir für immer sein und wonnevoll empfinden könnten.

Liebst du das Grandiose kann Ich dir davon so manche Prise seelenvoll hinüberrreichen, dass du es endlich wirst und im Unendlichen erheblich profitierst davon. Die Heiterkeit des Himmels wird dich dann beseelten und du wirst überall die Herzensgütigkeit verströmen, deren Meister du geworden bist im äonenlangen Dich-Zusammen-nehmen.

Der Lernprozess geht bei Mir wie bei den Meinen ewig weiter und zeitigt Früchte von verheissungs-vollem Gout sowie glückseligmachenden Nuancen. Finde das, derweil das Suchen endet und die

Wonne der Unendlichkeit in deinem hingegebnen Busen lauschend, geistvoll und erhaben triumphiert.

3.12

Immer waltet, was Ich Bin, im Hintergrund und befehligt was sich ändern kann und muss im Weltentreiben. Gehörig durchgeschüttelt und gerüttelt wird das Mass der Dinge, dass die Menschen wach und wacher werden in der Inbrunst ihres Seinsgestaltens kurz und lang vor ihrem ausserordentlichem Ziel.

Schliesslich und schlussendlich ist es Mir wie nichts daran gelegen, dass die Wirtschaft und das Weltsystem beständig und solvent florieren, doch nur unter der Bedingung, dass die Menschen in ihm froh und tüchtig ihren Part versehen können lebelang, gekonnt und reaktionär.

Ich wirke dort und da und überall mit Umsicht und allherrlichem Gebaren in der Weise, dass sich niemand übervorteilt und behindert sehen muss und müsste, wenn die vielen forschen, fabulösen Völker nur ein wenig weiser wären in der Dosierung, Glaubwürdigkeit und Rendite ihrer renitentenTaten.

Wohin die vielverschlungnen Lebenswege führen kann nur Ich in Meiner Weitsicht und Gelassenheit, Wohlanständigkeit, Robustheit und Verbindlichkeit genug prestieren. Die allermeisten gehn in diesem seingerechten Punkt noch fehl und laufen in der Irre irr herum wie Hühner im vom Fuchs bedrohten Laufgehege..

Kommt Zeit kommt Rat beruhe Ich zu predigen und allgemein bekannt zu machen im Erwarten, dass die Klugen es begreifen und die Zweifelnden einwenig aufgemöbelt werden in der Mühle ihrer zwitterhaften Pastoration.

Was Ich recht und würdig finde ist gerade auch für dich gedacht in deiner Flucht vor vielem und vor allem vor dir selbst im selbstischen Gehaben. Deine Lebensdinge sind erst wahrhaft prächtig und für Mich entschieden, wenn sie Meinem Seinsgeringel und Prospekt, Wohllaut, Paukenschlag und Sinngedicht gehörig folgen, vom Lehrmund zur Erfüllung in der Folgerichtigkeit der Lebenslustigkeiten.

Ohne Meinen Einfluss und Verdienst liegt vieles brach was mit ihnen und durch Mich zum blühenden Ereignis würde im allumfassenden, rasanten und beschwichtigenden Universentreiben. Noch immer ist von A bis Oha alles für Mich aufgewunden und soll wohlbegründet abgehaspelt werden wie Ich will in wunderbar beseligender, wonnevoller und für alle Seinsgerechten gültigen Manier.

3.13

Mit Brokrat musst du Mich nicht verzieren wollen, jedoch mit jeder guten Tat die deinem Wunsch entspringt etwas besser und bekömmlicher zu hinterlassen dort wo du vorübergingst. Das hat seine Wirkung bis hinauf in die Gefilde der Gottesseligkeit in denen Ich Mich etabliert und eingezirkelt habe. Ich Bin Mir stets bewusst, wie diffizil, fragil, labil und burschikos die Weltendinge sind, wenn es darum geht sie auf ein höheres Mass an Sinngehalt und Makellosigkeit hinaufzutreiben. So und somit geht Mir die Beschäftigung nicht aus und soll auch dir nicht unbemerkt, frivolerweis und flüchtig durch die Latten gehn.

Zu wem gehörig fühlst du dich in deinen besten und befriedigendsten Tagen? Zu Mir natürlich, denn Ich sorge dann mit ganz besondrer Inbrunst dafür, dass du mit deinen biedern, stumpfen Waffen trotzdem den Erfolg erzielen kannst, den du dir vorgegeben.

Wie mächtig doch die Blätterbäume werden, deren Alter das der Menschenstämme masslos übertreffen kann, wenn sie sich frei entfalten und zum Himmel recken können. Wie bei allem Bin Ich sehr darauf erpicht, dass die Bedingungen des Daseins sich zur Trefflichkeit entfalten und in angemessnen Schritten vor sich her ins Ewige mutieren.

Skandalös darf bei Mir nichts und wieder nichts vonstatten gehn, denn was Ich liebevoll und generös verwalte, trägt in sich den Willen dienstfertig und galant zu sein im grenzenlosem Eifer, den Ich ihm jederzeit und noch so gerne attestieren kann.

Ich bring es auf den Punkt, indem Ich Meine Welt wie deine als dem Heil verfallen statuiere und dabei jederzeit bestrebt Bin, sie im Zustand der Gesellikeit, Gutmütigkeit und Generosität zu halten. Mir ist es keineswegs egal auf welche Weise sich die Seinsentfaltung regelrecht vollzieht, um immer bessere Bedingungen, Errungenschaften, Fantasien und Beförderungen zu erzielen. So ist, was *ist*, im Besten Sinne ingeniös, durchtrieben, durchgestaltet und befriedigend zu nennen, wenn es sich nur in Meiner Obhut und Gewissenhaftigkeit, Beharrlichkeit und seelenvollen Wünschbarkeit vollzieht.

3.14

Zu welchem Zwecke sind wir angetreten: du mit dem Willen dich so gut wie möglich durch den

Lebensplan zu schlagen, Ich als Sein vom Sein das ganze Welten wirkungsvoll auf Trab erhält und sie in Zyklen, Zuckungen und Zirkulationen höhwärts führt, unendlichem entgegen. Bist du vernünftig akzeptierst du Mein Begründen alles dessen was Ich ungemein gefällig, anspruchsvoll und vielversprechend inszenierte. Mein Duktus steht auf Willensstärke, Wendigkeit und genialen Dispositionen, die sich in die Länge wie die Breite ziehn, weiss nicht wohin.

Ich festigte was einmal lockeres Gerölle war und finde Mich im Sternkreis wieder, dessen Fülle und Vortrefflichkeit, virtuose Gangart und Vermessenheit Ich für Äonen allerbestens unterhalte.

Wie von Sinnen sinnst du all dem nach, was *ist* und findest keiner Lösung Ansatz in Bezug auf Relevanz zu irgendetwas, was mit ihm verwandt sein könnte, ausser dir und Mir dem unbekannten Fadenspinner, Paukenschläger und versierten Grossvesir.

Die Geschichte wäre aus, wenn *Ich* nicht zu berichten wüsste, dass ihrem fulminanten Anfang lange noch kein Ende folgen wird in Meiner tatenträchtigen und prächtigen Allüre alles aufzumöbeln, zu verzaubern und verzücken bis zum Gehtnichtmehr.

In der Kunst des Variierens und Prestierens Bin Ich grandios. Meine Felder sind mit Edelgras und gläserner Behutsamkeit bestellt, sodass ihr Aufblühn eine wahre Freude ist für Kenner sie innig meditierend zu betreten.

Was immer Ich verschiebe ist für alle Zeit verschoben, bis Ich Mir gestatte es dem neu Bedingten anzupassen, hochgeschraubterem und wirkungs-vollerem entgegen. Meine Art und Weise ist mit sagenhafter Effizienz und Regelmässigkeit verbunden und kann niemals aus dem Takt und aus der Absicht, die sie pflegt, hinausbugsiert und ausgestossen werden. So stimmt, was *Ich* für stimmig halten will und ändert sich, was Meinem Gout und Meiner Güte noch nicht hundertfach entspricht im wonnevollen Hin- und Herflanieren.

3.15

Am siebten Tage sollst du ruhn, ist die gottselige Devise, die noch immer gültig ist für dich wie Mich und für das allerwürdigste Benehmen. Meine Stätte ist die Stadt des Lebens, wo die Stille durch die Gassen weht und wo die Wesen wesenhaft in lichten Schleiern sich vom hier zum dort bewegen.

Karambolagen kann es keine geben, weil sich alles seelenvoll durchdringt und in liebevoller Selbst-verständlichkeit ihr Sein besingt in freiem Fanta-sieren.

Mir ist das holde, goldstaubglänzende zuvörderst, wenn Ich in die azurlichten Weiten blicke und Mich an ihrem Sein aufs Köstlichste erhole.

„Bevor Ich Mich zur Ruhe lege" ist kein Thema mehr, weil Ich Mich allbereits in ein dezentes Rosenbeet gebettet habe. Das macht Sinn in dieser Zeit des wohligen Verweilens und windet der Gestalt der Kunst und Gunst des Schweigens das berühmte Kränzlein, das die Leute liebend gern zuallererst auf ihrem eignen Häuptlein sehn.

Widerstehst du dem Begehren, immer etwas anzu-packen statt auf den entstachelten und vielgepriesenen Lorbeeren auszuruhn, so bist du weiserweis auf Meine grüne Seite hingesegelt, um mit Meinem Segen dich von aller Lebensunbill tüchtig zu erholen. Das alles hat mit Meiner Fähigkeit zu tun, die Zeit der Zeit entsprechend richtig zu verwalten und in ihr den Lauf der Dinge so bekömmlich zu gestalten, dass er dich entwöhnt, verwöhnt und feingefühlt verbessert, dass du wieder fit und farbig bist für neue, vielgerühmte Siegestaten.

Wenn du glaubst, Ich glaube das, so bist du wohlberaten und wirst es für dich selber glaubhaft finden, gängig und beseligend, gedankenträchtig vor dich hin.

Du sollst dich niemals wundern, wenn die Dinge abgehn so wie du sie willst und wünschest, denn Ich präge sie mit Meinem Stempel ausgerechnet für dein maximales Wohl. Anständig bist du doch und das steht dir wohl an, wenn Ich im Vorübergang der Zeiten auch dein Sein vorübergleiten seh. Hast du dich für Mich entschieden, scheidet uns nichts mehr und reine Liebeswonne hüllt uns ein im Numinosen.

3.16

Bist du je festgesessen, so weisst du wie es ist, wenn sämtliche Termine Schiffbruch leiden und du dich neu formieren musst in Sachen wohlgeordneter Mobilität und zuverlässigem Benehmen. Den Weg der guten Hoffnung wie der Zuversicht sollst du beschreiten in Bezug auf neue Möglichkeiten, Strategien und Geschehnisse im so verzwickt gewordnen Leben.

Banal ist es noch nie gewesen, nun aber wird es richtig spannend in der Hafenkneipe, wo du dich im

Kreis der Freunde aussprichst und versuchst die rechte Spur zu finden im Geheu in das du dich vergraben siehst.

Willst du's, kommt es gut und gute Geister helfen dir konkret zu sein, glaubwürdig und erpicht darauf, baldmöglichst wieder im gewohnten Milieu zu landen und den ganzen Zirkus als vorbei und überstanden abzutun.

Bist du dann so frei wie du es wünschtest, oder hangen dir noch andre, höchst perfide Unbekömmlichkeiten an, die du zu bezähmen und bemeistern hast geschickt und wohlerwogen im Geschick von deiner Eigenart zu sein und dich fürs erste wie fürs letzte bestens zu bewähren?

Trugschlüsse können immer mal passieren, doch den Grössten musst du unbedingt zu überwinden suchen nämlich, dass du das bist, was du zu prestieren scheinst, derweil du dich in einem Milieu von götterlichter Wesensqualität bewegst von überragend dargebrachten Gnaden.

Wie kommt es, dass du schläfst vor solchen wunderbaren Infiltrationen, derweil schon viele blendend wach geworden sind ob ihrem zauberhaftem Duft und ihrem liebevollen Sich-Verstrahlen. Ich weiss, dass Ich Es Bin der dich in solchem Mass beseelt, dass du dich als gerettet und saniert betrachten kannst, für jetzt wie für den Temperguss der dir beschiednen Ewigkeiten.

Kein noch so tückisches Malheur kann dich dann auf dem linken Fuss beschleichen und keine andre Wissenschaft ist dir dann gut genug, als die vom reinen Sein in Meinem Anzug und verfechten einer

Strategie von struktureller Redlichkeit, natürlicher Wahrhaftigkeit und seelenvollem Frieden.

Was dich anbelangt Bist du genau wie Ich schon immer die Gewährnis für Erhabenheit, Prosperität und weisheitsvollem Miteinandergehn gewesen. Ich habe dich erwählt und du hast, Mich zu sein, in deinem Inneren erwogen. Das ist nun der Status deines Wirkens, Wonneseins wie deiner Flexibilität, Kapazität und Seligkeit im eingebüxten Ewig-Guten.

3.17

Frischauf Kameraden, auf`s Pferd auf`s Pferd, hinaus in die Freiheit gezogen. Jeder noch so biedre Bürger kennt dies Lied und möchte gern daraus sein eignes konstruieren. Legst du Wert auf Güte, kannst du nimmer fehlen, wenn du dich in deiner eignen Hütte breitmachst und Bedingungen erschaffst, die geradezu von Freiheit triefen. Du meldest dich bei vielem an und schaffst es doch nicht hinzugehn, weil du erfahren hast von Mann zu Mann und fraulich auch wie zerstreuend diese Dinge wirken. Konzentrierst du dich hingegen auf das Eine, das du Bist, hast du allen Lebens Saft und Seim, Vertrautheit und Beseligung für dich gewonnen, heiter und gelöst.

Du bist im Niemandsland der Träume aufgegangen und erlebst dich wie im Märchen. unter unzählbaren Lebenslustigkeiten, die dich freudevoll umweben. Das Konstante lässt du fahren und bewegst dich auf dem Meer der tausend unwägbaren Sonderheiten, die für dich Impulse sind zu kreativen, impulsiven Liebestaten.

Kennst du dich aus im Reich der Fantasie, kannst du beliebig viel wie vom Gestell herunterholen und mit ihm dein köstliches, ergötzliches und kurioses Spielchen treiben. Es lächelt dir die Welt wie aus dem Nichts in aller Freundlichkeit und Fröhlichkeit entgegen und begabt dich mit dem Wissen, dass die Lebenszeiten ständig aufwärts, höhwärts, universenwärts bis zu Unendlichkeiten weitergehn.

Dort langst du niemals an und bist doch schon so weit gediehen, dass du dich in ihnen heimisch und geborgen fühlst, wie der Hirt bei seiner Herde, wie die Sonne bei den Wolkenschäfchen, deren Bildnerin sie ist, wie deren Tränen.

In der All-Gemeinschaft darfst du dich als wie ein Götterbote fühlen, der sich selber Zeuge ist von unerschöpflich lichtem Wohl wie von der himmlischen Gerechtigkeit, die alles auflöst, was gebunden war und deren Ziel es ist Erlösung, Friedefertigkeit und Freudenschwälle zu gebären. Du hast dich eingebüxt in das unendliche Gedeihen Meinerseits wie deinerseits und darfst dich rühmen zu den Seinserlösten und Im-Wonnesein-Gediehenen zu zählen.

3.18
Dein Vorgehn ist beschränkt auf so und soviel recht banale Plundertaten bis sie von Mir zu wahren Wundern aufgewertet werden. Das macht Sinn in deinem wie in Meinem Sinnen und beginnt dich mehr und mehr am Leben zu begeistern das du führst. Dein Wandel ist nicht ohne Mich zu denken und in deinem Handeln braucht es stets den Pfiff von Mir, damit es tüchtig wird und süchtig nach dem wohlverdienten Lob, das ihm auf jeden Fall gebührt.

Deiner Eigenart gemäss bediene Ich dich stets mit überaus vernünftigen Instruktionen, die dir von

Fass- zu Fassung weiter helfen, wo du nach Belieben zapfen magst mit unaufhörlichem Begehren. So wird allmählich deine ganze Liebe Mir und Meiner Dienerschaft gehören, weil dir aus Meiner Kelter wie aus Meinen wohlbemittelten Kanülen dauernd Ströme von besondrer Artigkeit zu Herzen gehn.

Du liegst goldrichtig, wenn du alleweil auf Meine kunstvoll ausgelegten Spuren einlenkst, um fortan auf ihnen wie ein Prinzensohn gehörig zu lustwandeln und durch deines Vaters Gärten frohgemut und folgerichtig fürbas vor dich hin zu schreiten.

Willst du schlendern schlenkere die Arme wie die Beine beim Beschreiten Meiner sinuösen und pompösen Höhenpfade. Diese sind für Meine besten Schüler angelegt und aus dem Fels geschnitten, wo es dazu nötig war. Maximales machen ist Mein ganz besonders hochgeschätztes Metier, das die Welt in eine Landschaft von entzückender Natürlichkeit verwandelt, dir zum Nutzen und bezaubernden Wohin.

Ich begabe dich fortan mit Tugenden, die dir bis dato fern und flüchtig, unerreichbar und zu hochgesetzt erschienen. Deiner Zähigkeit gemäss wirst du sie hätscheln und verwöhnen, pflegen und sortieren, bis du sie zu dem, was du schon immer wolltest, stilisiert, herausgeputzt und eingebürgert siehst. Die Konstanz mit der Ich operiere kommt auch dir von Inkarnation zu Inkarnation zugute und lässt dein intuitives, speditives und gerissnes Göttersein so mir nichts dir nichts als gerecht florieren. Meine Weide ist das Weiden in der Geistgewähr, die Ich seit eh und je mit Inbrunst

propagiere und die auch dir zum Wonnesein verhilft
in Meinem seinsgerechten Mich-in-Mir-Begründen.

3.19

Worauf Bin Ich erpicht, wenn nicht auf das Erscheinen möglichst vieler Meiner Bürgen am gewaltig
aufmachten Geisteshorizonte mit der Hoffnung auf
noch viel viel mehr.

Auch du sollst dich dazu ermannen Meinem
Standpunkt und Verdikt gemäss todsicher aufzu-
treten, um Meiner Sachlichkeit den viel ersehnten
Dienst und Duktus zu erweisen.

Meines Glaubens Schiff ist mit Schätzen schwer
beladen, die darauf zielen mehr Vernunft, Gut-
willigkeit, Rationalität und redliches Benehmen in
den Völkern zu verbreiten, die allesamt voll
Ehrfurcht und Ergriffenheit an Meinem goldnen
Munde hangen. Ihnen traue Ich das Wunderbare
zu, dass sie sich in ihrem Wandel haargenau in das
verwandeln, was Ich will, nämlich in die Herde derer
die ihr Sein und Sinnen allertiefst begriffen haben.

Nach der Sintflut steigt die jugendlich gewordne
Sonne doppelt strahlend auf am Geisteshorizonte
und verbreitet ihren Sang und Klang mit unerhörter
Kraft und Qualität im weitgedehnten Weltenmeer. In
ihrem lichten Sein dich wohl zu fühlen, soll auch dir
beschieden und gewidmet, angemessen und
erlaubt sein wonnevoll und zweifellos.

Ich trage namenlose Sorge zu den Meinen und
verbinde sie für alle Zeit mit dem, was Ich Mir Bin,
im Zeitenlosen. Gerade dort erlebst du die Gewähr
für die Unsterblichkeit in der du wesest, Bist und die

Bestimmung findest, die schon immer für dich aus ersehen war.

Vollgespickt sind deine Pläne mit den Meinen und voller Hoffnung darfst du sein, dass alle beide sich im Zug der Zeit aufs Allertrefflichste verwirklichen und ehrbar werden. Was Mir gelegen kommt wird künftig auch in deiner wohldotierten Absicht liegen und dein Gleichklang mit dem Meinen wird sich zu einem sinfoniegeladenen Gezwitscher bäumen, dem nichts beizufügen ist in seinem seins-vollendeten Gebaren. Willig, billig und erhaben schreitest du einher in des Elysiums Natürlichkeit, Bewusstheit und glückseligmachender Manier.

3.20
Kronzeuge deiner selbst bist du in allen deinen Äusserungen, dichtenden Gedanken und vor dir versammelten Mutwilligkeiten. Das macht dich wissend über viele Lebensdinge, die dich aber auch belasten können. hochtrabend, kreuz und quer.

Mein Part ist es, den Segen und die Sinnkraft denen zu verleihen, die ihn auch zu schätzen wissen. Aus traulichen Gedanken windet sich die Herzens-fröhlichkeit heraus, aus kritischen der Unmut über das im Grunde schmähliche Versagen.

Am Rande Meines In-dir-Wachens ist es merklich kühler als in dessen Mitte, wo die Glut des Selbstbetrachtens wundersame Wohligkeit ver-strömt.

Was dich betrifft, beginnt sich immer weiter zu vertun, wo es dasselbe auch bewirkt nämlich: allseits zu beleben und belehren, sowie Wohl-gemutheit und Vertrautheit herzustellen mit dem

Sein, das alle Welt durchzieht, durchwuchtet und durchströmt zu ihrem Heil und übermütigen Behagen.

Du weidest dich an dem was Ich mit aller Sorgfalt und Behändigkeit auf deine grüne Weide trage, damit es dich erlabe und dir zur Gewissheit wird für das Unendliche das in dir wirksam ist und wesenhaft präsent in deinen multiplexen Lebenslagen.

Was du mit Schöpferkraft gebierst schält sich aus Meinen Lagern und Vergütungen, Befruchtungen und Kenntnissen heraus als etwas was gedeihen wird sogar im Wirrwarr, den du um dich gebreitet tolerierst.

Töpferst du so trachte stets danach durch Wachheit, Sorgfalt, Selbstbewusstheit und entschiedene Regie kein Geschirr kaputt zu schlagen. Flicken ist kein sehr erstrebenswerter Job, vollendetes In-Weltenweiten-Schicken aber schon.

Im Grund genommen hast du keine andre Wahl, als Mir und Meinem delikaten Anhang ganz und vollends zu gehören. Mein ist der Wohllaut ewig sich verströmender und sagenhafter Harmonie im Kosmos der Gewalten, Geistgestalten und Verbrüderungen, die sich alleweil und wunderbarerweis vollziehn. Das beglückt auch dich, den Ich zum Gegenstand der Gottesliebe auserkoren und zum Wonnesein und Lobgesang in Mir.

4

In die Klausur gebracht

4.1

Ihrem rasenden Geschick und Missgeschick zufolge treten viele in den Streik vor Dem, der sie nachhaltig will gestalten und aufs Beste durch das Leben dirigieren.

In Beziehung auf Mein Dasein stelle Ich Mich selber dar als Seinsvernünftiger, Gescheiterter oder Reüssierter, der den Dreh gefunden hat wie man sich mit Schlauheit und Gevieftheit durchschlägt, ohne allzuviel und allzuheftig nach dem Sinn zu fragen.

In die Klausur gebracht, verweilst du dort mit Anstand ohne allzu grosses Murren über die Beschränktheit derer, die das angeordnet haben. Muss etwas sein, so denkst du, dass es eben sein muss und fügst dich anstandslos, bescheiden und gefügig in das scheinbar Unabänderliche, das auch dich betrifft im aufgeschlagnen Almanach.

Willst du geweiht sein, weihe dich Mir zu statt all den Unvernünftigkeiten, die dich lockend, lieb und lästerlich umgeben. Nehme nicht zu ernst, was dich beschäftigt, denn es wechselt ständig wieder und versetzt dich bald in einen Taumel der Glückseligkeit und bald in tiefe Trauer, die dich rabenschwarz umflort und dir das Dasein bitter macht in der Verbitterung der Tage.

Wünschest du Relieve, so kannst du dieses bei Mir haben. Ich bette dein Bewusstsein wie auf Rosen, wenn du nur begreifst, wie alles davon abhängt wie gerade du es sehen, rezipieren und verbauen willst als Schwerenöter oder Luftibus in deinen Daseinsvariationen.

Geschwind ist etwas aufgestellt und kann dann schwerlich wieder von dir abgebrochen werden. Alles, was du denkst, hat die Tendenz, sich masslos zu vermehren und dich mit seinem Kribbelkrabbel in die Unruh zu versetzen, die dir nimmermehr behagt. Zu deinem Glück fällt es dir ein, dich erst ein wenig und dann intensiv mit Meines Seiens, wie mit deines Daseins Wirklichkeit und Aperçu, Gepflogenheit und Richtwert zu beschäftigen. Das beschert dir dann die Lösung von dem Lebensweh wie auch den Dreh wie man es machen muss, um glücklich und galant, beseligt, selbstbewusst und hocherhaben durch den Universenraum und seine Wohlbekömmlichkeit zu schreiten.

4.2

Kaum Bin Ich da Bin Ich auch dort gewesen mit der Schnellkraft, die sich die Götter zugelegt und zugesprochen haben. Sie besitzen das gewisse Etwas, das sie sich aus dem Wesen ihrer selbst in reiner Fülle zugedacht und zugeeignet haben.

Was dich betrifft, so sind dieselben Möglichkeiten und Gewinste, Seinskapazitäten und entzückenden Besonderheiten vor dich hin gelegt zum freien Über-sie-Verfügen. Hast du das begriffen fällt dir das Leben federleicht, das vordem von dir als ein drückend Lasten im Gemüt verankert war. So und somit ist es dir gegeben siegreich wie ein Wirbelwind durchs Weltensein zu ziehn, um es bereichert und gereinigt wieder zu verlassen, neuen Wünschbarkeiten zu.

Ich Büxse aus und ein wo immer Ich daran Gefallen, Ehrbarkeit und kunstvoll hindrapierte Freundlichkeiten finde. So entstehen Sagenhaftigkeiten von enormem Wert und Sinngedichte mit dem Vorwort:

alles ist dem Herrn zur tätigen Verwirklichung, Inauguration und Friedensfeier in die Hand gegeben. Seine Macht ist grandios und färbt dich ein, wie man die blassen Tücher in die blaue Lauge taucht, um ihnen Flux und Farbe, Ausdruckskraft und Sehwert zu verleihen.

Pankraz der Schmoller war noch nicht so weit, den Schmelz und die Gediegenheit des Weltseins zu begreifen und gebührend auszukosten, bis Ich ihm die Finte zeigte, die ihn fähig werden liess, es auszukosten bis zum allerletzten Schlurf mit ultimatem Wohlbehagen.

Erkennst du dich als wohlbegütert und von Mir beschützt von Tag zu Tagen kannst du ohne jegliches Bedenken durch die Landschaft deiner Träume zirkulieren, sie gestaltend und erhaltend nach dem Motto: besser und bewundernswerter gehts nicht mehr. Die Gabe der Weisheit, Weitsicht und Gelassenheit hab Ich dir mit auf deine Lebensfahrt gegeben, damit du sie gedeihlich und erfreulich zum gewünschten Einsatz bringst im Vorder- wie im Hintergrunde deines sakrosankten Wesens. Das bereitet dir die Herzenswonne, die du ständig suchst und in Mir findest, makellos.

4.3
Nordisch schlafen bringt bedeutend mehr als Italienisch, weil das erstere mit Frost und Schnee zu tun hat und das zweite nur mit feurigem Chianti in den Schluckerkehlen.

Dir kann es ja so lang wie breit erscheinen, was für Empfindungen die guten Leute um dich her in ihrem Herzen tragen. Meine Art und Weise ist es aber acht darauf zu geben, welche Absicht hinter den galanten Stirnen sich verbirgt und wie daraus die Spiesser und Banausen sich betragen.

Ich mag es über dies und jenes feurig und gekonnt zu diskutieren, damit sich eine Meinung bildet über das gerade gängige und hängige, vernünftige und höchst blamable Weltsystem. Die einen schwatzen und die andern kratzen über oder an den herrschenden Manieren, um sie zu verbessern oder ihnen den Garaus zu machen in der besten Absicht kreuz und quer.

Hält sich deine Intervention in Grenzen, kannst du mit dem Ergebnis bald einmal zufrieden sein, willst du jedoch überborden schlagen dir enorme Widerstände wogenstark entgegen und verhindern, dass sich etwas ändert im vollgestopften Welt-betrieb.

Würdest du am Ast, auf dem du sitzest, vollbewusst und tapfer sägen? Nimmermehr. Und dennoch lässtest du es zu, dass viele Lebensdinge sich zum Bitteren und Brachialen kehren und dich korrum-pierten oder dir den garstigen Garaus zu machen suchen.

Pfiffig willst du sein, doch geht nur allzu oft dein Pfiff daneben, weil du deine Lippen nicht im rechten Mass gespitzt hast oder eingerollt, um deine Ansicht in den Wind hinaus zu blasen. Du gebärdest dich wie einer, der da weiss und weiss doch einen Dreck von dem was wirklich abläuft in den kleinen wie in Meinem Grosshirn, das sich über Weltenräume streckt und in geistiger Manier sich überall verbreitet im Allhier.

Ich Bin Mir selbst ein Ass, ob es beim Jassen in den Kneipen ist oder beim kreieren neuer Welt- und Sternsysteme. Solche Wirklichkeiten fahren ein in denen, die das Leben ernst und heiter, gewissenhaft und wohlbekömmlich nehmen nach dem Mass des Götterseins, das sie in jeder Hinsicht intus haben.

4.4

Jeden Winters drängen sich die Flocken in den Alltag derer, die im Freien meist zu werken und zu wirken haben. Das hat mehr mit Frischung als Erfrischung abzugelten, welche du auf der Terrasse sommerzeitig konsumierst, um das durstige Gemüt zu kühlen. Die Schatten längen sich und die Leute drängeln in die Wärme, wo das Leben spielerischer und gelöster abläuft als im frostigen Juhee.

Heutzutags ist alles, was dir zur Verfügung steht, zu einem Schaustück der Bequemlichkeit geworden, das die Arme lenkt, den Kraftfluss mindert und die Übersicht verbessert über das, was du im Ernstfall rammen, schrammen oder überfahren könntest.

Beinahe jeder Hebel ist mit einem Hilfsmotörchen, Magnetchen oder Pünktchen wohl versehn, das der Bewegung Schwung verleiht, die du begonnen und das dein Kraftsystem vervielfacht effizient, manierlich und bequem.

Politisieren war im Altertum ein Ding, das sich auf der Agora zutrug mit gesittetem Gehaben. Das hat sich gewandelt zu Verschrobenheiten mit widrigen Erfindungen und Attacken aufs Persönliche, die von ausgesprochner Rüpelhaftigkeit, Gedankenlosigkeit und Frechheit zeugen.

„Wende dich Mir zu", ist auch hier und heut ausdrücklich zu erwähnen. Nur allzu gern verehre Ich dir den Gedanken anständig und diskret, sauber und dezent zu sein im Umgang ebenso wie in der Gängigkeit der laufenden Parolen. Ich werte auf, was andere als nutzlos und verpönt verworfen haben. Mein Antlitz strahlt dir Redlichkeit und Hoffnung, Wohlanständigkeit und Makellosigkeit entgegen. Was immer du getan hast, Ich behandle es mit Nachsicht und dem Willen dich diskret und wohlgesonnen eines Besseren zu belehren.

Deine Krämpfe wandle Ich in Kämpfe für das Delikate und Gesunde in der Welt und werfe Sonnenlicht statt Düsterkeit in deinen Garten. So gelingt es Mir, noch jede Malaise in ein Miteinander zu verwandeln, das zu trefflichen und anerkannten Resultaten führt, die alle Welt begeistern und zur Anerkennung animieren. Zu guter Letzt ist alles ausgeglichen was verschoben und verunglimpft war und deine Züge sind vom Lächeln der Genügsamkeit geglättet, die *Ich* in dir heraufbeschworen.

Ich werfe auf und du packst ein, was dir verwertbar scheint und bist in diesem Sinne bestens bei Mir angeschrieben. Nimm dies hin als Anerkennung für dein edles Tun und verdank es dem Unendlichen in dir.

4.5

Rüstig und gelassen musst du sein, um selbst im hohen Alter noch vom Felsenriff hinab ins Meer zu stürzen. Der Beifall wird dir sicher sein, wenn du endlich wieder auftauchst und ans Ufer hechtest, rassig und rasant.

Dass du sportlich bist ist dir von Kopf bis Fuss behände abzulesen und dass die Sprünge dir gefallen ebenso. Je nach dem Landstrich würde sich dasselbe Abenteuer als verheerend und vollkommen unbedacht erweisen.

Ich strafe dich nicht ab, wenn es dich juckt Torheiten zu begehn. Das tust du selbst von Tat zu Missetat im Kopf-Verdrehn. Hast du jedoch vernünftig, abgeklärt und überlegt auf deine Flausen reagiert, kann Ich dich kaum genug ob deiner Umsicht und Beherrschung loben. Wenn Ich ein Beispiel von besonderer Courage, Seinsbewusstheit, Selbstbeherrschung und Entschlusskraft brauche, zeige Ich auf dich und deine figalanten Sehnen und erwähne die Triumphe, die du schon gefeiert hast, in deinem rigorosen und bewundernswerten Pilgerleben.

Nur dass du oft und oft dabei vergissest Meiner zu gedenken, der Ich dich mit Vehemenz, Wohlüberlegtheit und Gerissenheit zu allem dirigiere, was du zu prestieren und erfüllen hast im grandiosen Lernprozess von Meinen Gnaden und Begünstigungen. Das vollzieht sich auf der Stelle wie im langen Atem, über den Ich jederzeit voll Lust und Lustigkeit verfüge.

Kennst du das Sprichwort: s`Krüglein geht zum Brunnen bis es bricht? Es wird gerade mit besondrer Sorgfalt auch auf dich und deine Tatkraft angewendet werden, wenn du zu unbedenklich und riskant agierst in deinem Übermut und prachtvoll ausgeheckten Seinsverfahren. Da kommt es dir zugute, dass Ich weise Zügel an dich lege, um dein Mütchen auf das rechte Mass und die gediegnen

Regeln abzukühlen, die ein Abbild sind von Meiner Regelmässigkeit im Pläneschmieden.

Bist du so wie sich`s geziemt geworden, wird dich auch die Lebenswonne liebevoll und zärtlich streifen und dir ständig und inständig, wesenhaft, unmittelbar und voll Erwartung zu Gevatter stehn.

4.6

Ich es dir auch schon entschlüpft, dass du lieber grasen als beständig rasen würdest über die Verruchtheit und Verworfenheit der menschlichen Natur. Scheinbar kann der Fortschritt nur mit wütenden Verwegenheiten, Radikalitäten und Entehrungen geschehn.

Das mag wohl deine, aber niemals Meine Masche sein im Konglomerat von wegen Seinsideen, die Ich Mir stets zugutehalte in der Dämmung der verwerflichen Extreme.

Smooth zu sein voll Sanftmut liegt Mir eher als rabauzig, heisst, du sollst dir klar darüber sein, was dem entspricht, was Ich dir aus beträchtlicher Erfahrung propagiere.

Meuterst du, geht es dir an den Kragen, kuschelst du dich wohlgemut an Meine grüne Seite kann Ich dir versichern, dass dir alle Wohlgefälligkeit des Himmels liebevoll entgegenströmt zu deinem hochwillkommenen Behagen. Auf den Punkt gebracht heisst das, Ich schätze dein Verhalten ungemein, wenn es sich nach den Regeln richtet, die Ich als seinsgerecht und obligat empfinde und die schlussends zu Freude, Frieden und Vollendung führen.

Ich Bin bereit, dich längelang vor aller Welt mit Würde und Wahrhaftigkeit, Gutmütigkeit und Wohlgefallen zu vertreten, wenn du nur unendliches Vertrauen in Mich hegst und wenn du Meinem Können mehr Gewicht verleihst als deinem. Das geht so weit, dass du dich vollends Mir ergibst in deinem Schalten und Gewalten und dich von Mir geführt weisst durch das Dickicht und das Tollhaus deiner Erdentage.

Willst du singen, singe Mir von allem Anfang an dein Herzenslob entgegen und öffne dich dem Hauch der Seligkeit, der dich darob durchströmt. Lass alles gut sein, was da *ist* und lass das Kritisieren, weil es wie ein blauer Dunst verblasst und nichts geschieht von dem, was du mit deiner Einfalt und Verächtlichkeit beschienen. Säe lieber Herzensgüte und Verständnis auf den Aufwall der Empfindungen, die wie Meereswogen durch die Lebenswelt kursieren. Das schafft guten Willen und Gerechtigkeit im Handeln und Bestehn und lässt die Herzenswonne walten unter Meines Seiens allverbindender Ägide.

4.7
Gerade dir ist es gegeben, lieber Schwan, die Emanzipation von deinem Ichlein zu erleben. Es ist noch dein, es ist noch klein, doch hat es sich bewusst und brachial zu Meinem weltenbürgerlichen zu erheben.

Ich flüstere dir ein was du zu tun hast, um dich in Meinem Milieu voll Nerv, Natürlichkeit, Besonnenheit und Kompetenz zu etablieren. Was dir bisher noch nicht gelingen konnte, gelingt dir bald im Spiele das Ich mit Bedacht und Risikobereitschaft, Mustergültigkeit und Sinnkraft mit dir treibe.

Da reicht ein Paternoster nicht mehr hin, es muss ein täglicher Empfindungsstoss vonstatten gehn von dir zu Mir, von deiner Welt der tiefgefrornen Dinglichkeit in Meine liebewarme Sphäre des gottseligen Behüten und Begütens deiner Kräfte in der übersinnlichen Struktur.

Dein Geistgewissen wächst in sie hinein allwie der Keimling in den Mutterschoss, gerade wie der winzigkleine Same in den Ackerboden, sowie dein Menschenich im irdischen Verlies in Meine Geistesgegenwart in den Allweiten

Niemand als du selber kannst dich daran hindern, so wie Ich zu sein in gotteswürdiger Grandezza wie im Strahlenbund des reinen Seins, das dich in seiner Offenheit empfängt als seinesgleichen in der sich selbst begnadenden, behütenden, belebenden und seinsgerechten Geistkultur.

Du Bist in Mir und Meiner Entourage und wirst es immer, unverletzlich und bis ins Unendliche erhaben bleiben. Das ist Mein Wille wie Mein Wachbefehl, Mein Prophylaktikum wie Mein allbefruchtender Gedanke von enormer Fertilität, Prosperität und Wirksamkeit im gründlich ausgeforschten Unergründlichen.

Wie ein preisgekrönter Bräutigam und Logenbruder darfst du dich erfühlen in der allgemeinen Seinsverbrüderung, Geschwisterschaft und Animation, die sich wie ein roter Faden durch sie zieht und schlängelt, penetrant und hocherhaben.

Sei von Mir gegrüsst und *sei* und höre niemals auf zu werden.

4.8

Wo Erfahrung not tut Bin Ich immer mit dabei mit Meinen übermächtigen Äonen. Niemand hat sie je gezählt, doch das Resultat von Meinen prachtvoll inszenierten Siegestaten darf sich wahrlich sehen lassen in den Seinsannalen die Ich treulich bis auf neulich immer weiter führe.

Was seh Ich dich so pusten? Hast du wohl versucht, Mich in irgendeiner Disziplin gebührend und entscheidend einzuholen. Das wären dann Verstiegenheiten von besonderer Brisanz die unweigerlich im Chaos enden müssten. Gehst du immer wieder fehl, so kann es bei Mir nimmer fehlen trotz der Fülle Meiner Dispositionen.

Worüber nun die Leute munkeln, schunkeln und bestrebt sind täglich das Allerneueste aus den verheissungsvollen Medien brandneu und riesig aufgetakelt zu erfahren ist der Schmelz des Unbegreiflichen den Ich bewusst und wirkungsvoll um Mich verbreite.

Innovationen noch und noch sind Meine tief gefasste Stärke in des Seins Brimborium, das Ich mit soviel Leidenschaft, Geschick und Virtuosität seit aller Zeit betreibe. Nicht von hier und doch im Irdischen verankert sind Meine listenreichen, glattgestrichenen und bis zum Himmel reichenden Kreationen, denen man das Meisterhafte schon von weitem ansieht, das in ihrem Sein und Seim auf`s Trefflichste gediehen.

Ein jegliches Konstrukt aus Meinen Händen ist wie von Zauberhand aufs Allerbeste moduliert und einem Minnesamg vergleichbar vor die Welt getragen worden. Was Ich an die grosse Glocke hänge hat genau den Götterstil, der Meinem Handgelenk so sehr gelegen und der in Geistkaskaden zu den staunenden Gemütern niederströmt, die sich von ihnen noch so gern erfrischen und erbauen lassen.

Hast du durch intense Meditationen Kenntnis von den Gottesgeistern und Betreibern einer Universenwelt gewonnen, bist du auf dem besten Weg dich vehement dem Allgeist anzugleichen der Ich Bin und dessen Fülle du in deinen Adern spüren kannst, von Mir wie Saiten auf ein kostbar Instrument gezogen.

„Weihe dich dem Sein", will Ich dir mit unendlicher Bestimmtheit ins Gehör besagen und: *sei* des Seins allherrliches Erlaben.

4.9

Das Gewicht der Trägheit hindert dich daran, sogleich aufzustehen, wenn du wach geworden bist im weichen Pfühl. In diesem köstlichen Moment empfängst du von Mir Inspirationen ganz besondrer Art, die von himmlischer Gerechtigkeit, Rendite und Gewissheit triefen. Denke nicht und horche mäuschenstill in dich hinein, um Wort- für Wortlaut, was Ich dir zu sagen habe, zu vernehmen.

Es ist der Geistwelt überragende Gewissheit von sich selbst die Ich dir offenbare und dich dabei zur Einsicht bringe, dass gerade du, wie alle anderen, sie *Bist* in der Wesenhaftigkeit und Wirklichkeit der Vielen.

Demnach gilt: das Eine ist das Viele und die Vielzahl aller Wesen *ist* im Einem, das Ich Bin und dessen Sein sich mit unendlicher Gelassenheit und

Liebenswürdigkeit, Genialität und Weitsicht universenweit manifestiert.

Du traust dich kaum zu atmen, derweil du dies vernimmst und es empfängst wie eine Weihe ohnegleichen mit der Selbstverständlichkeit die göttliche in sich und ihrer Seinskraft hochgezüchtet haben.

Bringst du es fertig, das was du durch Meine Gnade Bist gehörig hoch- und wachzuhalten, kannst du dich als saniert und sorgenfrei, lebenstüchtig und in der Geisteswelt etabliert erklären.

Die Ereignisse der Welt ziehn wie gemalte Bilder absichtlos und still an dir vorüber und erschüttern und beschäftigen dich nimmermehr. Sie sind wie aus dir hinausgestossen und bleiben doch in dir, womit du dich mit ihnen eins und solidarisch, ihrer Not gewiss und ihrer Heilung zugetan empfindest. Segnend und begütigend verströmst du dich in alle Welten die da *sind* im universenweiten Aufruhr, Machtrausch, Ducken, Aufwurf und befriedenden Planieren.

Ich ersinne neue Wirklichkeiten, still und heiter vor Mich hin und belebe und belege sie mit dem was sie sich mählich selbst bedeuten sollen. Das zeigt die Einsicht in die überragenden Kapazitäten die sie rundherum und zentrisch intus haben.

Ich modifiziere ständig was zu ändern Anlass gibt und verbessre es in kleingeraumten wie in grandiosen kosmischen Bezügen. Merkst du auf, so zieht dich Meine Himmelswelt zu sich hinan und lässt dich in des Daseins Wonnesein und Geisteswirklichkeit aufs Trefflichste gedeihen.

4.10

Nun habe Ich dich in die Freiheit des Gestaltens nach der Art des Seins und Wesens, die du Bist, entlassen, damit du Mich vertrittst mit Kompetenz, Charakter und mit einer Fülle von gerissenen Ideen.

Was immer Ich dir diesen Sinns gemäss zugute halte, ist von einer Qualität und Quirligkeit von massgeschneidertem Bedeuten die bestechen im Unendlichkeit-Verwehn.

Rares hab Ich dir genauso gut gebührend zu vermitteln, wie das was wohlfeil ist im Rahmen Meiner götterlichten Tätigkeiten. Von deinem Nehmen und Benehmen hängt es ab, wie sich das Weltenleben darstellt und entwickelt vor sich hin.

Auch Mir kann es nur recht und billig sein, wenn alles wie am Schnürchen abläuft und kaum hapert im Getriebe der bewundernswerten Weltlichkeiten.

Das Gefüge, dem Ich vorsteh im Äonenlauf, wird dicht und dichter und bedarf des Nachrufs wie des Vorrufs immer mehr. Herzbewegend sind die Worte, die Ich dann zum Abschied wie zum Neubeginnen intoniere, aus Geschliffenheit, Barmherzigkeit und Edelmut geboren.

Bist du durstig, magst du immer Wasser trinken, doch dein Seelensein wird davon nicht im Mindesten berührt. Da braucht es schon bedeutend kräftigere und fördernde Substanzen, um es adäquaterweis zu stärken und hinüber in Mein Reich des reinen Seins zu dirigieren. Bezaubernd ist es dort und deiner Strebsamkeit und Fügsamkeit nach Strich und Faden angemessen, weil es sich für alle und um alles dreht im Sternenall sowie im anderen dort drüben.

Wie du wohl weisst ist es nicht eben klug im Trüben fischen gehn. Da mögen dir die klaren Wasser munter quellen und dir mehr Forellen bieten für den Fisch-Verzehr. Womit Ich immer dich begabe tritt aus dem Kreis der göttlichen Vernünftelei, die Ich Mir wohl erlauben kann in Meinem Dienst am Ganzen wirkungsvoll und wunderbar. Konsequenzen brauch Ich keine zu befürchten weil Ich so gerissen, rigoros und kompetent Bin, dass es nur so kracht im Staate Dänemark über den ich nebenbei auch noch befehle. Sang und klanglos tret Ich auf und lasse dich dich selbst negieren oder gottgewollt regieren.

4.11

Ich Bin die Gottheit die dich trifft und misst in deinem eklatanten Künstlerleben. Meine Wirkkraft zieht dich vehement zu Mir hinan und offenbart durch dich Mein Wesens Schauer, Schicklichkeit und Götterharmonie.

Ich traue dir das Allerhöchste zu in Verbindung mit dem Reichtum, den Ich dir galant, gutmütig und riskant verströme. Das Opfer der Verschwendung bringe Ich dir dar, um dich dazu zu animieren Mehrwert und Gediegenheit, planetoide Rüstigkeit und Kongruenz mit Mir zu offenbaren.

Musstest du auch ungelenke, irritierende, polarisierende und mickerige Zeiten tapfer und gekonnt durchschreiten, so Bist du nun auf den Zenit gelangt von deines Schaffens Aperçu, Gestaltungskraft und Bibliografie.

Ich kenne dich seit eh und je, derweil du dich in bangen Nächten, dichten Nebeln und Verunglimpfungen mühsam kennen lernen musstest. Doch nun ist dir das was du Bist bekannt, tiefgründig, mustergültig und kristallen in der Transparenz von deinem. götterlichten Wesen.

Es ist ein wahres Augenfest dich schon von weitem zu gewahren und als Meister und Bemeisterer von deiner Selbstheit aufgebaut zu sehn. Du hast alle Hände voll zu tun, um so geschickt zu sein, dass du schlussendlich auffällst und in deiner Eigenschaft als gottgesegneter Galan Nachahmer findest und Besorger der dampfenden Furchen, die du tatenkräftig aufgerissen.

Seitdem sich unsre Wege kapital und kunstvoll, rustikal, mehrschichtig und gekonnt gekreuzt und angeglichen haben, sprudeln die Gedankengänge und Ideen Schönheit aus von nie verebbender Besonderheit und Grazie des allerhöchsten Seins, Tumults und ruhigen Verweilens wie die Glucke auf dem Ei im Status quo.

Was an dir auffällt fällt dir gradewegs von Mir in götterlichter Fülle zu und befähigt dich dazu wahrhaft grandios zu sein, bewundernswert, rentabel, richtungweisend und global. Tief ins All hinein erklingen deine Melodien und verbreiten einen Wohlklang ohnegleichen in den Sphären Meiner Gottpräsenz und gloriosen Harmonie.

4.12
Seinsgewiss und wahr ist alles was Ich Bin und universenweit betreibe. Ich lege Meine Hand ins Feuer für den Gunsterweis wie für das rosenzarte Künstlertum, die Ich Mir in eigener Regie und

Rüstigkeit bereite. Die Ruhmsucht eines Gottes ist Mir eigen wie die Wacht im stillen Kämmerlein in dem sich grandioses abspielt, abspult und verwirklicht in gottselig aufgemachten Zügen.

Ungelenkig wird beweglich und genial, läppisch, täppisch und verzogen wird zu vollbewusster Wirkkraft und Regie im Andersartigen.

Nolens volens bist du durch Mich zu dem geworden, was du heute als gekonnt und einflussreich, weltbedeutend wie als Göttermanifest bezeichnen kannst. Du ruhst im Gleichklang ungezählter Göttermelodien und erlabst dich an dir selbst, indem du ihrer Seinskraft lauschest und vom Seim von ihnen kostest, wie die Katzenzünglein süsse Milch vom Teller sahnen.

In deiner Daseinswürde Bist du wahrhaft musikalisch, grandios und lässest Sinfonie um Sinfonie, von dir kreiert und von Mir inspiriert vor vollem Haus erklingen. Das nenne Ich verhalten und gestalten, wie's die Götter für gerecht und tunlich halten.

Was immer du ermissest ist aus Meinem Ebenmass erstanden und hat sich wie von selbst entwickelt und verstärkt im Weltverbund den Ich mit dir vereinbart und für immer hochzuhalten mitgeschworen habe. Kleinliches und peinliches hast du längst hinter dir gelassen und verfolgst den Weg konstanten Schreitens auf ein zauberhaftes, hoch beglaubigt und zertifiziertes Ziel.

Das Wesentliche habe Ich dir bisher tunlich vorenthalten, doch nun vermache Ich dir Zug um Zug was unabdinglich ist, um wahre Meisterschaft und Seriosität, Berühmtheit und holdselige Gestimmtheit zu erreichen. Ich flöte dir was angenehm, wohlklingend und erhaben ist mit vollen Backen zu und verwöhne dich mit allem was dich kitzelt und vergnügt aus liebevollen Schalen.

Die Wende kam als du dich zu Mir wendetest und Mich dein Auge nimmermehr verliess. Das ist nun voll in dich gefahren und befährt auch Mich in einer Symbiose und Natürlichkeit, Holdseligkeit und Gottesminne ohnegleichen. Du Bist es nicht, derweil Ich alles Bin in dir und deinem aberschicklichen Benehmen. Du weidest dich am Sein und Ich Bin deine grüne Au in Wohlgefälligkeit und zartem Alles-Überbieten.

4.13

Danke, danke für die süsse Ruh die Ich so wohl verdient und Mir ergattert habe. Ein Vorbild Bin Ich dessen was in jedem Augenblick und Anblick, Schlüsselpunkt und Merkatorium zu tun ist in den Niederungen wie in exquisiten Geisteshöhn. Du sollst dir nicht erlauben, ohne jeden zielbewussten Marschbefehl voranzuschreiten, weil *ein* unbedachter Fehltritt oft genügt um abzustürzen widevitt auf Nimmerwiedersehn. Ich kann dir manches Missverhalten generöserweis verzeihen, das eine aber nicht, dass du dich von Mir wendest, denn implizite ist es auch die Wendung weg von dir, der du Mich Bist mit aller Seinskraft wie mit allen götterlichten Funktionen.

Ich rede wie ein Buch in pausenlosen, überraschenden Sentenzen, doch du gibst dir nicht die Müh es aufzuschlagen um des Lernprozesses willen, den du doch so nötig hast in deinem Grossmut wie in den feinsten Seinsfibrillen,.

Was ist für deine Seele kleidsam, relevant und bitter nötig, wenn nicht das Verständnis für die ewigen Gesetzlichkeiten die von Mir erhoben und seit eh und je aufs Tunlichste gepflegt und marschbereit gehalten worden sind. Du kannst sie nicht umgehn weil ihr Einsatz stets und unbedingt erfolgt aus der Begründung ihres Wesens wie aus ihrem fulminanten Sachverstehn. Wie das ABC in der schulerischen Fibel sollst du das erlernen, was in Sachen Ewigkeit besteht und dich genauso gut betrifft wie die verwöhnten Myriaden, die sich in der Zeitenfolge auf dem Erdplan tummeln und sang- und klanglos wieder in ihm untergehn.

Eine wahre Barbarei geschieht, wenn du dich nicht um deinen Ursprung kümmerst und damit an dem Aste sägst auf dem du sitzest, bis er krachend abstürzt und mit dir ins Verdorren und Verderben. Geniessest du jedoch das Dich-Erheben Meinem Sinn und Geist gemäss, so ist der Zauber dir gewiss der Gottbewusstheit wie der Seinsgerissenheit aus Meinen weitgedehnten Kubaturen.

Wie balsamisches Geflüster klingt es dir in beide Ohren, wenn du Meines Sinnens Ausdruck recht verstehst und darob von einer jubelnden Begeisterung erfasst wirst, seiend, wonnevoll und ewig unversehrt im Grenzenlosen.

4.14

Wohlfeil liegt Mir nicht, doch kannst du alles vom Mir haben, wessen du bedarfst, begehrst und auf die Pauke schlägst, um es in deine Obhut und Gewalt zu bringen. Manch armer Tropf könnte wohlbemittelt sein, wenn er nur dran glauben könnte, dass ein Wink von seinen Fingerbeeren Meinen zu genügte, um von ihnen bestens angestossen und bedient zu werden.

Eine lobesschwangere Kolumne, in dein Wochenblatt geschrieben, täte dir besonders gut, um dein Seelensein zu stärken und genauer auf Mich auszurichten in der träfen Mission, die Ich dir zur Erfüllung mitten auf den Lebensweg gegeben.

Was immer du plausibel, machbar und Mir zugewandt erachtest sollst du tunlich, treulich und verbissen tun, damit die Sage sich erfülle von dem Wolf, der bei den Schlafen friedlich ruht, wie von dem Zuckerbäcker der sein Produkt mit Nonchalance um sich verstreut, ohne nach Entgelt und happiger Belohnung hinzuschielen.

Mein gottseliges Gefühl sagt Mir beständig, dass Ich richtig handle, wenn Ich nur immer das berühmte Lied „dein ist mein ganzes Herz" auf Meinen rosenroten Lippen trage. So und somit wird Mir alles was Ich will geschwind entgegenkommen, um das Kommende mit Wohlverstand und graziös geschürzten Lippen zu geniessen.

Mir wird erst so richtig, was Ich Bin, bewusst, wenn Mein Denken und Gefühl sich in das Kosmische verströmt, dem Ich mit Haut und Haar wie nach den Regeln aller Künste angehöre. In Meinen eignen Weiten Bin Ich so wie in nichts anderem daheim und rühme Mich, das vielgerühmte Sein zu sein nach allen Regeln und Schikanen.

Bist du noch nicht so, so spute dich genauso wohlgestalt und lebenstüchtig, durchgeknetet und markant zu operieren, wie Ich es Mir seit eh und je gewohnt Bin in den Geistessphären Meiner Seinserhabenheit im Blauen.

Es koste was es wolle, Ich versteife Mich auf das, was Ich Mir Bin und verteidige die Stellung in die Ich Mich mit ungeheurem Wohlgefühl und Wonnesein voll Nerv, Natürlichkeit und Schlauheit eingemittet habe.

4.15

Willst du dich dem Heldsein rigoros verweigern, trete nicht mehr unter Meines Augenlichtes bitterbös gewordnes Strahlen. Ich liebe es korrekt zu sein und bist du es nicht ebenso so trete Ich dir auf die Zehen und die Finger, dass es nur so quietscht und spritzt in aller Himmel Richtungen und baren Kuriositäten. Du bereitetst Mir die Sorge, die dem väterlichen Herzen zusteht, dass du noch zu wenig offen bist dem was Ich dir vermitteln will von Meinem Wonnesein und sichtlichen Behagen. Ich komme dir im Laufschritt liebevoll entgegen, doch du zögerst, zitterst und genierst dich, auch nur einen Schuh lang auf Mich zuzudrippeln, um Umgang mit Mir und Meiner seinsgewaltigen Allgegenwart zu pflegen.

Kaum einer.kann sich so gebieterisch und überlegt wie Ich benehmen, weil auch keiner so viel Pfiff und Munterkeit, Lebensqualität und Heiterkeit in sich vereinigt wie der Götterlichte, der Ich Bin, in Meinem Sein und cisalpinen Wohlbehagen.

Ich kenne alle deine Wünsche, doch den einen hast du nie, dich mit Mir aufs Innigste und Wirkungs-vollste zu vereinen kennerisch und rigoros. Wozu noch zögern, wenn dir Meine Gotteshand entgegen-gleitet wie die festlich aufgetackelte Fregatte auf dem Schwarzen Meer. Was kommt dir in den Sinn, dich scheu zurückzuziehn, statt mit den Abervielen in den Freudenruf und Hymnus einzufallen, der da lautet: Gott ist gross und Allah ebenso, wie auch der Hebräer panisches Geplänkel und Geränkel um den einen Himmelweitem Herrschaftsthron.

Was ist dir anderes beschieden als schon im Hienieden aufzumerken von der Hände noch so tüchtigem und winkelmässigen Getue, um deinen Augenaufschlag, wenn auch nur mit einem Zwick Mir zu zuwenden in der Grillenfängerei in der du dich gefangen hältst wie einen Toten. Das Lebendige will Ich mit Argusaugen Mir besehn, um es am Laufband langsam aber sicher himmelwärts und universenwärts zu ziehn und zu befördern zur Erkenntnis Meiner kosmenweit verstrahlten Geistesgüter. Du magst dir erjagen, was du immer willst, doch nur das Eine wahrhaft virtuose Wild wird dich schlussendlich zu den Sternen tragen.

Mein Wille ist es dir die Anmut Meiner Geistes-wirklichkeit zu offenbaren und sie dir schmackhaft und beliebt zu machen als das Nonplusultra das da heisst: das reine Sein erleben und in der Gottes-würde aufzugehn.

4.16
Was wirfst du hoch, um deine Schulden bei Mir zu bezahlen, damit sie nimmer dreister werden, statt allmählich abzunehmen.

Es geht ein Raunen durch den Winterwald, die müden Blätter sind gefallen und die Erdenkräfte treiben keine Säfte mehr den Stamm empor. Doch wird der Frühling dich noch einmal überkommen, du reifst, weil Ich dich reifen lasse und dein Konto wird von Mir vom Minus in das Plus geschrieben

Du staunst nicht schlecht, wenn du am Abend traurig eingeschlafen bist und am hellen Morgen deine Äuglein wachreibst mit dem Ruf: ich habe Geistes-Gold in Mir gesehn. Glaubst du wirklich, dass vom Nichts das Etwas kommt, ohne dass du einen Finger rühren musst in deinen fortgesetzten Erdentagen? Da rühre Ich dich innig an, damit du aufschreckst und dich deiner Pflicht erinnerst, Mir Tribut zu leisten für die krisensicheren Talente, die Ich dir vermacht und freilich zugehalten habe.

Noch immer Bin Ich deines Schicksals Wende und Wahrhaftigkeit gewesen, wenn es darum ging, mehr aus dir heraus zu holen als du's bisher tatest.

Ich kann Mir alles was Ich Bin erlauben, weil jede Menge Seinsgeschenke fliegen zu Mir hin. Mein Opus wächst, derweil noch aberviele andere im Kargen schwarze Blüten treiben. Derart ist Mein Wille schon gestählt, dass jede Lanze an ihm abprallt und zerbricht, die jemand auf ihn abgeschossen.

Klärst du noch auf, so Bin Ich Mir schon längst im Klaren, wessen Ursprungs Keim und Kind Ich Bin und wessen Urquells Wasser in Mir fliessen. In gehobener Gesellschaft götterlichter Wesen weiss Ich Mich mit Anstand und Gefälligkeit manierlich zu bewegen, um alles zu erreichen, was Mir vorschwebt in der Götterfantasien Reichtum, Gleichmut und Fanal.

Bei Mir gibt es viel Altbewährtes wie auch Nigel-nagelneues zu bestaunen, um daraus die rechten Lehren, Modulationen und Begriffe abzuleiten.

Kannst du das so Bist du in der Tat des Seins Geselle und Berufener geworden, bei dem nichts ansteht, sondern durchgewunken wird nach dem Prinzip des ewigen Beförderns aller Dinge die da *sind,* und es in Seinsgelassenheit, Glückseligkeit und Liebeswonne ewig bleiben.

4.17

Das Sein mit seinen Tücken, Mücken und Ver-wegenheiten, hängt dir gütlich an und versieht dich mit dem für das Leben nötigen Elan. Was immer du mit Schwung und Rasse unternimmst, musst du dir in Meinem Namen wohl gefallen lassen, weil es von Mir stammt in Meinem weltgewandten Pioniergeist und erschütternden Genie.

Es soll dir zur Gewohnheit werden jeder Tat das Wörtlein „Seine" zuzufügen, um dir den wahren Sachverhalt bewusst und innig vors Gemüt zu führen. Das spornt dich dann auch dazu an, exakt und willig, zuverlässig, autonom und selbstbewusst zu handeln und dich frei und nur an Mich gebunden zu erfühlen.

Der Rest ist Schweigen, weil in Meinem Haushalt nach dem nötigen und brötigen Geklirr zuerst einmal die Herzensstille Einzug hält, die das Getane freudig übersieht und mit Bewunderung quittiert.

Hasenfüsse rennen kopflos übers Feld davon, wenn sie Lunte riechen und Mein Auftrag ihr Begreifen übersteigt im Andersartigen.

Merken jedoch sollst du, dass dir alles, was Ich konsequenterweis von dir erwarte, deinem Können angemessen ist und dir zur Ehre und zum Ruhm gereicht im Fortschritt deiner Erdentage. Blühst du auf so ist es Mein Erblühen in der Daseinskraft und Wirklichkeit, die dich beseelen und dir stets die Stange halten, wenn es noch so steil hinunter oder aufwärts geht.

Die Trikolore deiner Siegestaten soll wie Jasminduft und Silberkost beständig über deinem Haupte wehn und dich zu dem beflügeln was dir aufgetragen ist zu unternehmen.

Deine Werte steigen täglich steil hinan, weil sie von aller Welt begehrt sind ob der Qualität und der Gediegenheit die sie verbreiten. Männiglich erstaunt und räuspert sich bewegt, ob dem was du in selbstverständlicher Manier vor aller Augen trägst und einhellige Begeisterung darob erwächst mit ihrem Strahlen.

Was dir so gelingt gelingt auch Mir im selben Zuge und bestätigt, was Ich Bin, im inniglichen Geistbeseelen wie in der Genossenschaft mit allen Wesen, die schlussends Mein eigen sind und Meine Zierde, Meine Nonchalance und Mein bewundernswertes Kapital im ewig heiteren Allhier.

Meide Tarantelen und bequeme dich, dem Schweigen zu verfallen, ob der Wonne die dich in der Seinsbewusstheit und Glückseligkeit von Meinem Habitus beseelt.

4.18
Das Einiggehn schaut erst heraus, wenn die Belege stimmen und die Arbeit tadellos und brauchbar

ausgeführt ist wie von Mir verlangt und gutgeheissen. Stellst du dich richtig an, kann Ich dir genau so tüchtig und beflissen beistehn wie du`s nur immer wünschen könntest in der Lebensschulung die du absolvierst.

Blickst du zu Mir wie zu der lichten Sternenwelt empor, so durchschaust du was Ich Bin in der Allherrlichkeit der Geistessphären.

Womit Ich dich bezeichne ist das Mal der unvergänglichem Behutsamkeit mit der Ich dich umflore, um dir das Leben angenehm und höchst bekömmlich zu gestalten. Glaube nie es sollte mehr sein als du selber wünschest, denn Ich Bin es Mir gewohnt exakt zu sein und zuverlässig im Verteilen Meiner Liebesgaben. Das bedeutet auch für dich, dass Meine Wahl sich deiner angleicht bis aufs Tüpfchen, um gerecht zu sein und exzellent und liebreich in der Gunst, die Ich dir jederzeit gewähre.

Wer Moral hat kann sich immer bei Mir sehen lassen oder Skrupel und mit dem Bedürfnis dafür auch gebührend abgefunden und belohnt zu werden. Bist du ein Träger der Gewissenhaftigkeit im Laufgang deiner Funktionen, so wird es Mir ein leichtes dir dafür den Ehrenpeis und die Belohnung auszurichten, die dir auch gebühren.

Schwebst du in Wolken garantiere Ich dir, dass du niederfallen wirst wie satter, lauer Regen in der Mittagsstunde. Stehst du jedoch firm auf festem Erdreich zeigt es sich, dass du in Meinem Sinn und Geist agierst und dadurch Teil wirst Meiner auserlesnen Höhenlage.

Ich will stets das Allerbeste für dich inszenieren und dir die Gelegenheit verschaffen frisch und froh, fürsorglich und vor allem seinsbewusst zu sein, um in Meiner Pläne Schaukraft und Erhabenheit dein Partikel zu erfüllen und als Meines zu verstehn.

Im Gewand der Sagenhaftigkeit und Sinnkraft geh Ich vor dir her und absolviere zugleich mit dir einen Lernprozess von wunderbarem Ausmass und Erfüllen, der zutiefst beglückt und Herzenswonne spendet in unendlich liebenswürdiger und pfiffiger Manier.

4.19

Willst du denn die kapitale Chance und Gelegenheit verscherzen, die himmelweite Stille des Seins zu erfahren, lauschend, leise atmend, hingegeben. Würde das gelingen liessest du die Sterne der Erlösung in dir auferstehn. Fleisch und Blut sind nicht dein Wesen, Meines in dein Seiens götterlichte Grazie aber schon. Zählst du dich zu den Bewahrern wahrer Menschlichkeit, kann *Ich* dich vice versa zu den Gottgesegneten der Einsicht und Beglückung zählen.

Hast du begriffen, welche Werte ungesehn und unversehrt ein Leben lang in dir rumoren, wird auch der Hauch der Hoffnung auf unendliches in deiner Seele Blüten treiben.

Keine Krisen mehr sind fähig, dich aus dem Konzept zu bringen, das da heisst: Ich Bin und lasse Mich vom Sein ins glückerfüllte Dasein.führen.

Ich liege immer richtig, wo noch alsoviele Irdisch-keiten arg im Argen liegen und gebeutelt sind von dem wohin sie vorgeprescht und sich willkürlich, jämmerlich und beispiellos verstiegen haben.

Wes Ich kundig Bin wirst du auch werden, wenn du nur mit Schafsgeduld, Ausdauer und Durchtriebenheit in Meinem Sinn zu Werke gehst nach Noten. Auch deine Silben setzen sich schlussends zu silberhellen Worten, Taten und Empfindungen zusammen, die allesamt zu Meinem Repertoire von göttlicher Substanz, Sieghaftigkeit und Seelenseligkeit gehören.

„Komm auf Mein Schloss Mein Leben", singe Ich dich dauernd an und dir gelingt es nur mit grosser Mühe all die Stufen zu ersteigen, die zu seiner Herrlichkeit und seinem wunderlichten Ambiente führen. Trittst du ein, so sind die irrlichtierenden Gedanken allesamt verflogen und dein lichtes Wonnesein beseelt sich an der Grazie des gottgesegneten und nur auf Mich gestellten Hirtenlebens. Wohin du schaust siehst du dezenten Frieden und verehrenswerte Harmonie aus himmelweiten Fernen in dich strömen, die dich entzücken und die ewige Wohlfahrt konsequenterweis und unverbrüchlich in dir etablieren.

5

Eine Sippschaft die nur fischen geht

5.1

Eine Sippschaft die nur fischen geht ohne neue, kräftige heranzuzüchten fischt die Seen leer und entwendet ihnen das lebendige Leben. Ebenso machst du`s mit deines Seins Gewissen. Verzettelst und verstreust du deine Weisheit wie dein Wissen durch den lieben langen Tag gleich einer redseligen Schwalbe, wirst du leer, statt dich in tiefen Zügen zielbewusst an Meinem Weistum zu erlaben.

Zwischen dir und Mir soll ein beredter Dialog zustande kommen, der die Lebenskräfte stärkt und das Seinsgewissen blühen lässt in allen seinen Wertungen und fabelhaften Funktionen.

Gelind gesagt hast du von Mir noch viel mehr zu erfahren als du von dir wiedergeben kannst ans Weltensein, in dem du eine Zelle bist und Ich das Ganze im unendlichen Gedeihen an Mir selbst wie auch an dem, was Ich äonenlang erschaffen habe.

Alles Leben quillt zuerst aus Mir und mag dann gnädig aus dir weiterquellen, doch wie alles Flüssige strömt es unweigerlich dem Meere zu, das Ich Mir Bin und vereinigt sich mit dem der *ist* und wahr und sein wird ewig wieder.

Kunstvoll und gediegen sind die Wege angelegt den Tälern wie den Flanken der Erhebungen entlang, damit der Austausch möglich ist der Güter, die die Völker ihrer Art gemäss beständig brauchen. Was sie schaffen, sich und ihrem Sein zum Wohl, ist dem Genie und der Geschicktheit zu verdanken, die Ich ihnen eingepflanzt und zum Gebrauch verliehen habe. So ist denn ihre Wohlfahrt Meiner über-ragenden und willenskräftigen, erhabenen und unerschöpflich reichen zuzuschreiben, der sie unablässig Dank und Anerkennung schuldig sind.

Was *Ich* dir biete kann von niemand anderem geboten werden. Nur allzuoft versteigst du dich noch in dein eignes Spintisieren und klopfst dir auf die Schulter, derweil du dich für das erkenntlich zeigen solltest, was *Ich* dir bedeute und in deinem Dasein Bin als der Gerechte über allen Wolken wie die Sonne, die ihren Flaum und Wandel alleweil mit hehrer Lichtgewalt durchschienen.

So Bist du dem, was Ich Mir Bin, dahingegeben und darfst darin aufs Köstlichste Mein Wonnesein erfahren.

5.2

Machtvoll scheint und ist was Ich konstant und neunmalklug im Schilde führe. Ich sage offen, dass das zutrifft; somit musst du auch der Donau deine Sympathie und Wohlgewogenheit bezeugen dafür, dass sie blaues und nicht gelbes Wasser führt auf ihrer langen Fahrt, der Adria entgegen. Mit Namen kann man trefflich spielen und deren Sinn ins Gegenteil verkehren um des Spasses willen, der daraus ersteht. Ernst wird es erst, wenn auch der Unernst wie die bare Münze wahrgenommen wird von denen die beileibe keinen Witz verstehn.

Zu viel des Guten kann so schädlich wie zu wenig sein und somit ist auch hier die Mittelplanke anzustreben. Dabei Bin Ich stets bestrebt dir mit Rat und guten Taten beizustehn auf deiner Wanderung durchs Unterland wie auf den hoch riskanten Höhenpfaden, die deinen Sinn und Geist nach Meiner Art beflügeln und begeistern sollen.

Das musst du dir indes gefallen lassen, dass Mein Einfluss in dein Reich beständig zunimmt in der Weise, dass Ich mehr Vertrauen fordere in das, was Meine Künste sind im Gegensatz zu deinen. Nimm dir ein beredtes Beispiel an dem was Ich im ellenlangen Zeitenlauf schon alles angerissen und geleistet habe. Etwas erschaffen, was es noch nie gab, ist eine Gabe des allherrlichen Begabens von der Ich ehrlich, redlich und verbissen zehre.

Nun geht es an ein Rätselraten überall, wo Rater sind und Rationen, wo es weitergehen soll, wo doch schon so viel da ist, dass ein regelrechter Überfluss besteht im Lande der Propheten und Proleten, Besserwisser, Scharlatane und Versicherer auf Kosten deiner Nöte.

Willst du elegant und krisensicher wie ein Gecko durch die Lebenslust flanieren, kann Ich dir nur raten hierzulande rechts und bei den Briten links zu flanellieren, damit du bei spontanem Auftritt nicht zusammenprallst im Unvermittelt-Reagieren.

Manchen Ärger kannst du dir damit ersparen, dass du gelernt hast geistesgegenwärtig und gewissenhaft zu bleiben, wo es blitzt und donnert und sogar noch eine Strecke früher, damit du keinen Bussbefehl gewärtigst in der Flut der kastenfüllenden Mandate, Bittgesuche wie der vielen unverschämten Übertriebenheiten.

Go inside, will Ich dir gutwillig und getreu besagen und errichte dort den Tempel der Zufriedenheit und Lebenswonne Mir und Meinem wundervollem Marschbefehl entgegen.

5.3

Was nicht lange auf sich warten lässt sind die Konsequenzen, die Ich aus deinen Handlungen, Verwandlungen und Albernheiten zieh, um deinem Lebensstil mitunter Meinen Schlich und Meine Prägung, Mein Resümee wie Mein Selbstgestalten beizubringen. Das Ordentliche wäre dabei leichthin und logistisch noch zu schaffen, dem ganz Besonderen jedoch gilt Meine überragende Beachtung, wie Mein Einspruch dort und hier.

Was du Mir diesbezüglich schuldest kann auf keine Kuhhaut gehn, derweil es viel zu viel ist im gemeingefälligen Vergleichen.

Willst du dozieren schreitest du gewichtig deine Strecke ab vom einen Endpunkt bis zum andern, um dann umgekehrt dieselbe Zeremonie zum x-ten Mal zu wiederholen. Was du von dir gibst das haben andere vor dir in bester Absicht auch schon hundertmal von sich gegeben. Auf die Nuance jedoch kam es an und die bestimmte welchen Stellenwert das Publikum dem Sermon zuschrieb im allmähliche Begreifen.

Willst du dir ein Kränzlein winden, ist es ratsam deinen Input bei Mir abzuholen, weil sich dieser nimmer wiederholt in seiner Flüchtigkeit wie in seiner sich ergänzenden Prosperität, die nicht von Pappe ist, jedoch von götterlichtem Nährwert ohnegleichen. Ich vermittle dir das im Vertrauen darauf, dass du zupackst, einpackst und verdaust in einem Mass, das allseits tief befriedigt und der erlauchten Hörerschaft wie dir das Gefühl vermittelt, alle seien weiser, wohlgestalter, demokratischer und wissenschaftlicher geworden.

Bist du lädiert, so kann Ich dir ein Pflästerchen auf deine Wunde kleben, das gehörig heilend wirkt und dich im Nu vergessen lässt, was du bislang erlitten. Überhaupt gilt Mir allein die Fähigkeit, Fertilität und Vollmacht deinem Seelenheil den rechten Platz und die Bedeutung zuzuschreiben, die ihm jederzeit gebührt. Konkret gesagt sind Meines Reiches Richtung und Gehalt wie nichts dergleichen dazu angetan dich wahrhaft weiter und besonnener dorthin zu führen, wo du hingehörst und wo du Bist ein himmlischer Gefährte jener, die den grossen Sieg bereits errungen und in allen Ehren wonnevoll und weidlich, eternel, elysisch und glückselig ausgekostet haben.

5.4

Berichte und Berichtigungen Mich betreffend gibt es viele, doch nur einmal kann so relevant und nichtig sein, wie der den Ich verfasst und gutgeheissen habe. Schon der Name „der Ich Bin" gibt Anlass zu unendlich vielen Deutungen, Erlassen und Entschiedenheiten, die allesamt ins Leere gehn, weil Ich Mich nicht in irdische Begriffe fassen lasse, die von Liebe, Licht und Leben reden, ohne dass die Redner wissen, dass sie selber *sind*, was sie Mir dienstbeflissen unterschieben.

Bei Mir zulande ist es üblich schweigend an das Werk heran zu treten, das geschliffen und vollendet werden soll in unendlich langgedehnten Meister-zügen. Golden ist was Ich hier meine, derweil du dich mit silbernem Geplapper brüstest und be-gnügst.

Mein Werk besteht aus geisterfüllten Wirklichkeiten, die im äusseren zwar kommen und vergehn, in ihrem Kern und ihrer Seinssubstanz jedoch

Unendlichkeiten in sich bergen. Dies zu begreifen reicht dein hartgesottener Verstand und Intellekt nicht aus. Ein höherwertiger Prozess muss hier zustande kommen, der da heisst: Erkenntnis durch Imaginationen, Inspirationen wie der vielgerühmten Intuition, die die wahrhaft weis gewordenen Gemüter intus haben.

Kommst du zu dir gerätst du zugleich auch in Meine Fänge, Fertigkeiten, Manifeste und Erleuchtungen in götterlichten Regionen. Das ist es dann, was endlich deine Heilung und dein Heil begründet auf die ferne, fabelhafte Zukunft hin.

Gesottne Eier zu geniessen ist dir heute noch bezaubernd und vital, derweil es Mir gelungen ist dem ganzen, universenweiten Sein und Sinnspruch zu gehören. Was dir noch in moderaten Raten und Beratungen, Vermutungen und trefflichen Gedankenblitzen zukommt, hat bei Mir schon längstens eingeschlagen und hält, was Ich Mir Bin, in wunderbarem Einigsein mit dem was *ist* und was Ich in äonenlangem Sinnen und Empfinden, Räsonieren und beglückenden Gestalten intendiere.

5.5

Glaubst du wirklich, dass es Mir wie nichts daran gelegen ist, dich wohlbehalten, kunstvoll und erspriesslich durch des Lebens Jahrmarkt, Trugschluss und Verwandlungen zu führen? Weltweit gibt es ja für Mich so vieles zu prestieren, aufzumischen und bei allem Red` und Antwort zu gewähren, dass Ich pausenlos beschäftigt Bin auszubessern was beschädigt ist und aufzuhellen wo die Finsternis die Überhand gewann. Mir kann das nie zuviel sein, weil Ich überall im Kosmos Bin, was ist und weil Meine Kräfte deshalb auch für alles reichen.

Wohin du siehst ist so viel Ernst und Energie, Gefälligkeit, Rastlosigkeit und zauberhafte Schaffenskraft am Werk gewesen, dass du des Staunens nie entbehrst und aufwachst wie zur Ruhe gleitest mit dem Sangesruf: es ist ein Wunder mit dem Leben das geführt wird allethalben und besonders auch von Mir im kosmischen Betrieb der Seinsgewalten.

Wo gelebt wird, lebt auch immer Meines Götterwillens Hauptakt und Bewusstheit mit, um auf diese Weise radikale Offenheit, Kunstfertigkei und Willensstärke zu bezeugen.

Mein Wille ist schon immer auch der deine wunderbar gesättigte gewesen und hat durch deinen Einfluss Schöpfungen vollbracht von Weltenrang und -tiefe, faszinierender Kadenz und Opportunität, die alleweil aufs Intensivste von sich reden machen.

Sind die Lebenstage schwül so sorge Ich dafür, dass sie bedeutend kühler werden durch den angemessnen Windhauch, den Ich überall verbreite, wo geschaffen und geschuftet wird in corpore. Werktätig muss ein jeder sein, damit er nicht verhungert oder -durstet in der Lage, die Ich ihm zugedacht und zugewiesen habe. Dieser Ansicht liebevoll zu frönen, halte Ich dich an und füge noch hinzu, du bist dazu berufen Meinem Wert gemäss den deinen auszuleben und schlussends das Pünktchen auf dem I zu sein, dem Ich das A und Amen, den Begriff, die Wendigkeit, den Wohllaut des Gedeihens wie des Götterseins voll Verve bedeute.

5.6

In klaren Linien klärt sich auf was gross und tapfer ist in Meinem Liebesgarten. Ich ecke niemals an, weil Meines Tuns Beflissenheit und Spannkraft immerwährend rund läuft in den Schöpferqualitäten in Mir eigen. Was Rang und Namen hat, gerissnen Lobgesang und Impulsivität kann nur von Mir und Meinem geisterfüllten Anhang in das Weltsein kommen. Ist es an sich schon grandios, so wird es auch aus eignem Antrieb immer noch gefälliger und bravouröser werden. Ich könnte darob wie ein Geck und Gockel durch die Welt spazieren gehn, Meine Seinsbewusstheit und Bescheidenheit jedoch verbieten Mir in dieses lächerliche Novum einzusteigen.

Gerade du sollst wissen, dass auch dir dasselbe blüht, wenn du nur schon im Anriss Meiner Pfade Stapfen estimierst und ihnen Folge leistest wie von Sinnen und dennoch mit der regulären Andacht, die Mir im Überall gebührt.

Ich händige dir aus, wes du bedarfst, um kapital und hochbedeutend, wirkungsvoll und weltgewandt zu werden. Wendest du das auch gebührend an, so kann es mit dir nimmer fehlen im Begriff auf den Olymp der Genialität zu steigen. Dort ist es dir vergönnt den Lorbeer abzulesen der im Winde scintilliert den Ich für dich in fabelhaftem Schwung gehalten habe.

Kindisch Bin Ich nicht, doch Kinder will Ich haben, Söhne, Töchter und Beflissene der sinnenfälligen und wohlbemessnen Meistergaben, die von Mir zu denen strömen, die denselben Lebensstil wie Ich in sich hochgezüchtet und gehätschelt haben. Es lebe die Vernunft will Ich hierzu bemerken und es wandle sich dein Sinn zu einer Perspektive, die der Meinen zwillinghaft und zwitternd, seligmachend und beglückend gleicht, wie sich Strausseneier und von Hühnern ausgegackerte begeisternd gleichen.

Nimmst du es so wie Ich, so geht es mit dir aufwärts auf geschmierten Sohlen und gelind gesagt bis ins Unendliche von Meiner Ansicht, Meinem Schaffensstil und Wohlgelingen. Es gibt kein Prädikat, das dem was Ich Mir Bin genügen könnte, deshalb sollst du schweigend vor Mir Einhalt und Siesta halten, glattgestrichnen Sinnens und mit einer kessen Rose im braungelockten ewig jugendlichen Haar.

5.7
Wie kommt bei dir das Nächtige und Kummervolle an, will Ich hier ausgewalzt und ausgetüftelt haben. Berichten will Ich dabei wie es Mir ergeht, wenn sich die Kümmernisse über Welt und Wirtschaft häufen und der raue Wind die Kerzenflämmchen drangsaliert, die liebestrahlend am begrünten Wegrand stehn.

Ich halte fest, was Ich Mir Bin mit seinsbeschwichtigenden Händen und weiss die Zeit ins Lebensschauspiel einzusetzen, die im Sich-Verrieseln alles wieder gut und gütig macht was aufgerissen und an Ende arg beschädigt war. Nun gilt es, der Konstanz den nötigen Tribut, Kredit und Nachschuss darzubringen, die, was da köstlich, himmlisch und erhaben ist, in Meisterrunden höhwärts ziehn.

Ich warte nicht bis andere denselben sinngeladenen Gedanken in sich tragen, weil Ich stets und jedenfalls der Erste Bin dem einfällt was zu tun ist, um dem Ganzen einen weltbedeutenden und wirkungsvollen Dienst und Vorteil zu erweisen.

Ich Bin nicht müssig oder säumig, wenn es sich darum handelt, aufzuwachen, aufzubrechen und nach neuen, besseren Bedingungen zu streben. Mein Tun und Lassen birgt die Qualität von universenweitem Wohlstand und Salut in sich und sieht sich ständig vor, wo Myriaden andere den Nachteil mit sich tragen.

Indes beherrsche Ich die Kunst zu sein in jeder Hinsicht die man sich füglich und vergnüglich denken kann im weltenweiten Ausgestalten Meiner wundertätigen Phobien. Was Ich Mir leiste kann nicht jeder, aber jeder kann sich alle Mühe geben, Mir auf die Schliche, Schlängeleien und Befugnisse zu kommen. Sie sind mit weiterführendem Elan und elegantem Schwung begnadet wie vom Götterreichtum den schlussendlich alle im verschwenderischen Herzblut kulivieren.

Den Status quo lass Ich in Meinen Überlegungen, Begriffen und Pendenzen niemals Wurzel fassen. Kurz und klein sind alle langen Bänke längst gesägt und rasch und fluktuierend wird erledigt, was da ansteht und wird zur Befriedung und Begeisterung, Erbauung und Beseelung hingezogen.

5.8

Mein Wohlverhalten, deine Tat. Ich drehe nach belieben auf und lasse Meine Kräfte Sanftmut oder Stärke spielen. Du aber Bist an das, was *Ich* Mir Bin, wie mit dem Zauberstab gebunden, dem du vertrauen kannst durchs Band, durch dick und dünn wie durch die Werte, die er dir vermittelt in des Seins bewundernswerter und erhabener Brochur.

Ich zögre nie aus Mir hinauszugehn, um der Verdienste willen, die damit in Meinem Sinnkreis liegen. Potenz, die da *ist*, muss man auch gerechterweis gebrauchen und Ich als Meister Bin Mir's denn gewohnt in aller Welt und Wirtschaft mit der grossen Kelle anzurühren. Gang und gäbe ist die kosmenweite Wirkung Meines Schöpfertums in alles überragender Manier. Das bedingt ein Wachsein in der Tat von überirdischem Bedeuten und erklärt sich aus sich selbst, so wie Ich Mir's gewohnt Bin Mich aus Meiner Eigenart und seelenvollen Fülle zu erklären.

Indem du aller Welten Dinge kontempliersт beginnst du sie in ihrem Innersten, Wahrwahrhaftigsten und Wirkungsvollsten Wesen zu erklären. Sie erscheinen dir plausibel und real, derweil sie dir vordem als unnahbar, unwirklich und unglaublich diffizil erschienen waren.

Ich krieche nie zu Kreuze, wenn auch noch so viele wegen Mir beständig Kreuzweh kriegen. Sie drehn ins falsche was Ich unbedingt als richtig und erstrebenswert erachtet habe. Ihr Mechanismus klappt und klappert tadellos so lange, bis auch nur ein Schräubchen an ihm bricht und sich verklemmt im Räderwerk von ihrem eignen Gusto und Gehaben.

Was trägst du dazu bei, dass sich in Meinem Universensein der Wohllaut der Gemeinsamkeit verbreitet? Und ist es deine Absicht wenigstens in Zukunft etwas für das allgemeine Wohl und Wehe aufzuwerfen? Nicht umsonst hab Ich dein Ich in diesem Sinne einst als Meinen Helfer aufgezogen und habe dich dazu verpflichtet Meinem Weltensinn und Meinem Geigenstrich gemäss zu tanzen. Tust du das ist Wonnesein dein überird`scher Lohn.

5.9
Mundgerecht gebackenes ist immer eine Augenweide und ein blankes Muss im vielgerühmten Krämerladen.

Was Ich splitte ist für alle Ewigkeit gesplittet und was sich um Mich sammelt wird sich immer mehr im Sternenall zerstreuen.

Ich hefte Mich an jede Ferse, die sich schlankweg und gerissen, überlegt und wichtig vor Mir aus dem Staube machen will und bringe sie zurück dorthin wo sie am meisten nützt in Meiner universenweiten Strategie.

Wie begonnen, so zerronnen hat bei Mir kein Bier und wird alleweil ins Gegenteilige gewendet, das da heisst: von nun an halte Ich das Zepter über dir mit beiden Händen und befehle, was zu tun ist um Erfolg zu generieren straight ahead aus Meinem Zaubergarten.

Ich male Mir schon aus, was ohne Meinen segenreichen Einfluss und Mein Hochgebet an misslichem geschehen würde in den Weltenweiten die Mir eigen. Manche Schandtat kann Ich so vermeiden und den Händeln in die Hände fallen eh sie richtig ausgebrochen sind in abenteuerlich gewordnen Zeiten.

O holder Frühling singt Mein Herz beständig vor sich hin, wenn sich die Wolkenbänke als besiegt und unbrauchbar verzogen haben. Meine Überzeugung ist es, dass die schonenden und staunenden Gedanken genauso sicher wirksam sind, wie die in aufgebrachter Stimmung selbstzerstörerischen.

Mich geht alles an, was bei dir als minderwertig und verschroben ausgesiebt und abgeschüttelt wird im handumdrehn. So sind die zwei sich gleichen sollenden Gemüter immer noch so recht verschieden, dass Jahrzehnte kaum genügen, um hier Remedur zu schaffen in der Weltenszenerie.

Offensichtlich will Ich was Ich kann und kann Ich was Ich will spielend in des Weltalls Tiefen offenbaren und zur Freude aller auch vollbringen. Da wird unweigerlich vermehrt was gut und gütig ist im Liebesleben und was die Standarte der Geselligkeit und Einigkeit mit Mir von Generation zu Generationen weiter trägt und flattern lässt im Winde der Gottseligkeit, die Ich Mir seinerzeit und immerdar für alle Seinsgerechten und für Mich Entschiedenen patriarchalisch und beglückend ausbedungen habe.

5.10
Wo bereinigt und bescheinigt wird müssen viele Dinge Beine kriegen. Alt gewordnes wird abgeschrieben und dem Neuen, nützlicheren wird enorm viel Raum gewährt. Heute mag es wichtig sein, morgen ist es überholt, hat ausgedient und wird dem Abfall übergeben.

In Meiner Hemisphäre jedoch geht es anders zu und her. Ewige Werte steigen aus dem Orkus auf und sind dazu berufen nimmer zu verbleichen. Es herrscht ein reges wundervoll gestaffeltes

Gedankenleben, dem nichts entgeht was einmal in ihm war und das sich als die Basis allen schöpferischen Tuns erweist in Meinem Mich-aufs-Trefflichste-Begründen.

Was bei dir noch schwächlich ist und bei jedem scharfen Windstoss umkippt geht in Meinen Gütern glatt voran und lässt sich nicht beirren in dem Auftrag, den Ich ihm gehörig eingepaukt und eingetrichtert habe.

Manchem reich Ich keine Chance ein sich auszubreiten und Verächtlichkeit, Umschlüssigkeit und schlechten Willen in die Wesenswelt zu integrieren. Meine Drift ist locker, lichtvoll, pläne-strotzend und beständig auf den Fortschritt aus-gerichtet, der an ihren Ufern blühen und gedeihen soll im friedvollen Sich-beständig-Überbieten.

Kommt der Frühling, kommt er nicht? Er hat immer wieder tüchtig Fuss gefasst in Meinen unikaten Gärten, die sich, wie von Zauberhand berührt, als höchst ergiebig und bewundernswert erwiesen haben. Einzigartig ist ihr Ambiente, sich in ihnen zu verweilen und daraus Erholung, Heiterkeit und neue Hoffnung zu erzielen.

Auf Beschwerden habe Ich nie einzutreten, weil es bei Mir keine gibt und geben kann bei dem vollendeten Geschick im Sein und Handeln, das *Ich* Mir in Äonenläuften anerzogen habe. Willst du es versuchen, Nutzen aus dem Sermon Meines Gegenwärtigseins zu ziehn, so steigert sich dein Können bis ins unermessliche der Göttersphären und prägt dich um zum genialen Denker und Verschwender deiner Fähigkeiten dir und Mir und aller Welt zum offensichtlichen Entzücken und

Gemeinwohl, Wonnesein und siebenhundert-
fältigen Zuinnerst-sich-aufs-Köstlichste-und-Wohl-
bekömmlichste Erlaben.

5.11

Was künde Ich dir an: den ersten Lichtstreif am
nächtigen Horizonte, die Gelegenheit, noch für ein
Weilchen wonnevoll im Federbett zu liegen in der
absoluten Stille zwischen Ebbe und dem neu
gebornen Tagesfluten.

Wie willst du sein, wenn du nicht wissen kannst, was
alles auf dich zukommt in der kämpferischen
Ambiance die dich umbrandet und gedankenvoll
umsteht. Da ist es besser auf dich selber wie auf
Meine Hoheit zu vertrauen und den Dingen ihren
Lauf zu lassen, ohne nutzlos Widerstände und
profunde Ängste zu kreieren. Die Welt wird schön,
indem du einfach weitergehst von ihrem Rand zur
Mitte und vom Mittelpunkt hinaus ins Universenreich des ewigen Gedeihens.

Was immer köstlich und konkret ist will Ich dir von
Tag zu Freudentag wie nichts vergeben; was du
erfährst ist immerhin und immer von Mir in dich
eingefahren.

Wer klappert mit den Zähnen? Der sich an nichts
mehr zu erwärmen weiss in seinem Häuschen oder
fürstlichen Palais, den das Leben dir zum vornherein bescherte. Nicht den Anfang, sondern das
erstrebenswerte Ende sollst du wählen, um auf
frohe Fahrt und figalante Ankunft anzustossen.

Alles, was du vor dir siehst, wirst du auch einmal
hinter dir gelassen haben und dann kümmert,
knebelt, knutscht und reizt es dich nicht mehr. Du

gehst befriedet durch das Tor ins ewige Gedeihen an dir selber wie an jener Welt von der es heisst, dass sie dich voll Entzücken in sich aufnimmt, als wäre es schon immer so und soviel heiterer in ihrem Schoss und Gnadenstoss gewesen.

Trifft dich der Schlag, so triffst du umso unbekümmerter und wohlgemuter bei Mir ein und darfst dich rühmen zu den auf diese Weise Eingeborenen und Seinsbeglückten zu gehören. Andernfalls jedoch erkennst du unvermittelt, dass du Bist und bist schon immer so geschmeidig und galant gewesen.

Meine Absicht ist es Meinem guten Ruf vorauszueilen, um dich in das sagenhafte und beglückende Allewige hineinzudirigieren.

5.12
Erhebst du dich so sinken von Mir Herz und Seele zu dir nieder und bewirken, was dir frommt, in liebevollem Tauschen.

Beutegierig schleicht der Unhold durch die rabenschwarze Nacht und beginnt nach seinem Antrieb und Belieben, so wie`s ihm einfällt und gefällt manch bitterböse Tat.

So stehen sich beständig hell und dunkel, finster und gelassen gegenüber und versuchen ihren Part mit Wohlverstand, Brutalität, Bescheidenheit und Ruhmsucht sachgerecht zu spielen.

Ich aber Bin und kann Mich um das eine wie das andere geradezu foutieren. Mein Geschäft ist Ausgewogenheit und Minne an Mir selbst in universenweit verbreiteter Grandezza, Gutmütigkeit und Elegie.

Ich würdige aufs Innigste was an Mir selbst geschieht und trachte nach nichts anderem als nach der Würde des Gerechtseins wie der Tugend des holdseligen Verhaltens, Meiner steten Herzensheiterkeit entgegen.

Ich merke auf, wo alle anderen noch nichts bemerkt und darauf reagiert und in die Runde ausgepfiffen haben. Das allein macht Sinn, weil es in ewiger Gelassenheit geschieht und von der Sternenwelt genehmigt und gelobt, geliebt und dargeboten wird seit Ewigkeiten.

Ich bekenne was Ich bestens kenne und benenne in des universenweiten Drängens Hub und Schub und habe nichts und wär es noch so unbedeutend, vor der Welt wie vor Mir selber zu verbergen. Gerade darin Bin Ich grandios, dass Ich Mein Sein vor aller Augen mutig und geduldig offenlege, damit auch sie ihr Selbst begreifen und aufs Tunlichste befördern lernen.

Tatenfreudig trete Ich wie aus dem Nichts hervor und Bin etwas, wo Millionen andere sich selbst noch nie etwas bedeutet haben. Ich mehre und vermehre Mich wie einer der da weiss, um was es geht und sich in ungenierter Weise selbst behauptet in den Kreisen geistheroischer Entschiedenheit und seelenvoller Harmonie.

Was bei Mir gang und gäbe ist geht bei dir immer wieder unbemerkt verloren, sodass dein Sinnen, wie im Leeren, sich zu festigen und fest zu machen sucht, ohne damit im Geringsten und Bescheidensten zu reüssieren. Erfolg ist dir gewiss in Mir und Meinem Königreich beschieden und Glückseligkeit und Liebeswonne noch dazu.

5.13

Willst du es richten, richte aus, was du dir Bist, nach den erwartungsvollen Sternen, die sich dir als Schutz und Goodwill, Tröster und erhabene Beförderer erweisen. Gib niemals auf in deinem Ringen um bewusste Klarheit über deinen Sitz in Gottes überaus geschickten und bewunderns- werten Räten. Ich schau dich an als einer der da will in zahllos aufgemachten und -gebrachten fabelhaft geschniegelten Formationen seinen Part erfüllen und konstant bekräftigen.

Liebst du dich, wie du bestätigst, sehr, so geb Ich dir hiermit bekannt, dass Ich dich noch viel mar- kanter und bewusster, herzbewegender und solider liebe, in der unbedingten Achtung die Ich dir entgegenbringe. Das hat Konsequenzen selbst bis in die fernste Zukunft hin, indem Ich dich als eine goldverbrämte Kostbarkeit dahin und immer weiter höhwärts trage.

Was du billigst ist schon immer auch in Meiner Billigung präsent gewesen und was du verwirfst hat Meine Weisheit und Mein Weistum längst auf nimmerwiedersehn verworfen. Das ist und bleibt die Haltung, die Ich gegenüber allen Bleichgesichtern wie auch rosenäpfelig gestrichenen Visagen schon immer eingenommen und verteidigt habe. Dem Wortlaut Meiner Direktiven, Deklarationen und Erlasse ist gebührend zu entnehmen, was Ich will und ganz besonders auch von dir Mein kraus- geköpfter oder kahlgeschorener Kumpan.

Wer immer redlich ist gerät in Meinen Sog der tausend Wohlbekömmlichkeiten, die Ich von A bis Omega, von vorn und hinten, unten, oben, weichgesotten oder pickelhart zu bieten habe.

Steh Ich dir bei, so stehe Ich genauso sicher, unverblümt und wichtig hinter Mir in voller Achtung, Ächtung und Gewissheit deiner hundertausend Quirligkeiten.

So geht Mein Sinn und Meine Sinnkraft überall spazieren wo gedacht, gestritten und gesegnet wird, im All der Weltenzeiten wie im überirdischen Gepränge und Gehänge, dem du, wie Ich, in weiser Wohlfahrt, Wonne und beglückender Betriebsamkeit für immer und voll Seele angehören.

5.14

Sag „yes I can" zu dir und wisse, dass Ich dich in jeder Hinsicht unterstütze beim Verwirklichen der Werke, die die Welt in eine gloriose Zukunft führen.

Sei nicht zu wählerisch, wenn du beginnst dich ganz in Meinem Sinne zu entfalten und packe einfach unbekümmert an, was Ich dir zur Erledigung vor die erstaunten Augen delegiere. Fängt es harzig an, so giesse Ich dir Öl ins laufende Verfahren, damit sich die Blockaden lösen und die lebendigen Verrichtungen in logischer Begrifflichkeit zu einem wohlbekömmlichen und gloriosen Ende gehn.

Magst du auch hin und wieder zweiter sein, so wirst du dich gewiss mit Meiner Unterstützung nach und nach zum ersten stilisieren, den man in feierlicher Promenade zur Tribüne führt, wo die dekorierten und von aller Welt Verehrten ihren Ehrenplatz ergattert haben.

Mit Mir vereint ist die Gelegenheit stets günstig gross herauszukommen und eine Leistung zu vollbringen, die die Menschen zum erklecklichen Erstaunen bringt und allgemeinen Beifall generiert. Zweifellos besiegt, besiegelt und bestätigt dir dein Gottvertrauen, was du vorden nie gekannt hast, nämlich den Erfolg und die Beglückung auf der ganzen Linie, deren du nun sichtig und gewichtig, geistverständig und vertraulich von Mir zugeordnet worden bist im Generationenspiel.

Was immer zügig, zertifiziert und tüchtig angeregt vonstatten geht, ist Meines generierens Werk, das zieht sich wohlgelaunt und tief begriffen, über- ragend und gekonnt durch ganze Völkerscharen. Ihr Treiben ist der Ausdruck dessen, was Ich Bin in ihnen und was die gotteswürdige und gottgewollte Segnung ist, die Ich in ihre gläubigen Gemüter niederströmen lasse.

Zweimal zwei sind vier, so einfach sind die Grundgesetze, nach denen Ich seit eh und je mit überragendem Erfolg verfahre. Machst du Mir das nach? Ich bitte dich darum. Zuviel gedacht wird bald einmal verlacht und weniger ist in den meisten Fällen mehr als du in guten Treuen je erwarten konntest. Nur bei Mir kannst du auf tutti gehn, weil Meine Fülle ständig überfliesst vor Rentabilität und Gängigkeit, prachtvollem Paradieren und sich voll Seele um dein so empfängliches und diffiziles, trauliches und schliesslich tief beglücktes Wesen legen.

5.15
Ein Parteigänger kann unter Umständen sehr hilf- reich für dich sein, vor allem wenn du weisst, dass

Ich es Bin mit allen Ehren und Vergünstigungen die dabei erstehn.

Brandneu kann Ich auch Brände löschen, dass es eine wahre Freude ist Mir dabei zuzusehn. Die Kübel fliegen nur so her und hin, das Feuerprasseln hört rasch auf und du siehst das Haus gerettet statt in rauchenden Ruinen.

Bei Mir wird niemand malträtiert, sondern sachte an den Platz geschoben, der ihm von Anfang an gebührt in seinem himmelwärts Kutschieren. Zwei für eins ist die Gewissheit, dass er unbeschadet und glückselig bei Mir ankommt und sich für das Künftige gewappnet sieht, gestützt und glattge-strichen.

Was Mich befriedet, muss auch dir zum Heil, zur Heiligung wie zum ersehnten Stadium des reinen Glücks gereichen, von dem geschrieben steht: es findet jene die es wahrhaft und beständig suchen. Ich habe es in der Bescheidenheit wie auch im höchsten Anspruch, den Ich an Mich selber stelle, längst gefunden und kann es dir gestochen scharf zu Hause zelebrieren.

In Meinen Unternehmungen geht alles figalant und glattrasiert vonstatten. Da kannst du deinen Schnurrbart lange schnurren lassen, du bringst dabei nur neue Kräuselungen und Verfilzungen zustande, die deiner an sich guten Sache einen Bärendienst erweisen.

Wechselst du auf Meine Seite, Meinen Wohl-verstand und Meine Herzlichkeit hinüber, lautet der Befehl des Tag`s: sei rein und rüstig, lauter und gerecht von hier bis zu den Antipoden, die dir in Tat und Wahrheit ständig gegenüberstehn. Kaum kannst du es erfassen, doch die Schwerkraft macht sie leicht in deinen Augen, dass sie nicht ins Grenzenlose fallen und auf nimmerwiedersehen ins Ungewisse taumeln.

Was fest und festlich ist, verstehe Ich noch festlicher zu modulieren, bis es selbst den grössten Kennern der Materie aufs Haar gefällt und ihr Entzücken kitzelt, delikater gehts nicht mehr.

So ist denn allem in Mir, gleich einem ewigen Lobgesang, Glückseligkeit, Gelassenheit und Liebenswürdigkeit beschieden. Meine Felle glänzen vor Gesundheit und Geschlecktheit wie von Myriaden Katzenzünglein und sind dazu angetan im ganzen Weltenall Befriedung und Holdseligkeit, Daseinswonne, Wachheit, Seinsgerechtigkeit und Herzensliebe zu verbreiten.

5.16

Dein Befund kann von Mir als bezaubernd und befriedigend bezeichnet werden, sofern du weiter-fährst so clever, resolut, rasant und richtung-weisend an dir selbst, wie an der Welt, zu handeln und dich immer besser dabei zu begreifen.

Für dich muss Ich nichts befürchten, weil dein Ansatz mit dem Meinen lückenlos, plausibel, melodiös, vollgültig und final gemessen überein-stimmt, elitär. Nimmer musst du kriechen, weil jedwelcher Krach in deinem Musterleben aus-geräumt und durch begütigende Melodien abgelöst und ausgelüftet worden ist.

Ich stelle Mich vor aller Welt so dar, dass sie an Mir Gefallen und Erbauung finden kann im Reichtum,

Risiko und reizenden Gefolge ihrer Tage. In diesem Falle ist es dir geboten und gestattet tüchtig zuzugreifen und all das zu ergattern, was dir Güte bringt, Gerechtigkeit und Gottes fulminantem Frieden.

Mag dir auch angst und bange werden vor so viel förmlichem Vertrauen das Ich in dich setze, so wirst du bald einmal voll Mut und Zuversicht in Meine Himmelweiten schreiten, völlig sorglos und aufs äusserste entschieden.

In Meinem Kontext ist beileibe nichts banal, weil alles, was darin verhandelt und gehandelt wird, sich auf das eine, Einzigartige bezieht, das Ich Mir Bin im Monogramm und Markenzeichen, das Ich in Meinem götterlichten Wappen führe.

Ich verteile redlich und verwalte tunlich, was sich frommt für alle Weltenräume und Erscheinungen darin, die Ich mit unerhörtem Freimut Mir erschuf. Honiggelb und bittersüss sind all die Ingredenzien, die Ich dazu verwende, um die Meinen alleweil auf Trab wie auch bei guter Laune zu erhalten. Sie wissen das und sind Mir, jeder auf die eigne Weise, dankbar für die enormen Geisteswerte, die Ich ihnen unterm Strich vermittelt und voll Liebe zugehalten habe.

Nichts von Stress und Strausseneiern ist da zu bemerken, alles wickelt sich in Ehrbarkeit wie in gediegenen Proportionen ab, sodass die Freudensänge aus den Kehlen quellen, die ihr Herz und ihren Sinn im Wonnesein an ihrer Wesenswelt beseelen.

5.17

Der Wandel ist in dir bereits vollzogen, doch du hast es nicht bemerkt, weil dein Gedankenleben sich noch viel zu intensiv im Offensichtlichen vollzieht. Du fixierst dich vehement auf das, was man betasten und begucken kann mit Sperberaugen. Dabei übersiehst du, dass sich das Wahrhaftige, Lebendige im Unsichtbaren, Inniglichen, Geistgesättigten vollzieht, an dem die himmlischen wie irdischen Gemüter ihren sagenhaften Anteil haben.

Du Bist weil Ich in allem Bin, was sich durch Mich erfindet und bewegt. Hast du das noch nicht im Innersten erlebt bist du in deinem Denken und Gefühl wie tot und demzufolge wie in diese deine Welt hineingestorben.

Ich mahne dir deshalb nur das was du in Wahrheit Bist mit aller Sorge, Sorgfalt, Herzbewegtheit und Bestimmtheit an, damit du schrittchenweise weiterkommst in den Betrachtungen und Definitionen deines zauberhaften Lebens, Wesens und Dich-für-irgendetwas-Haltens.

Das Konstante, das Ich Bin, will dir und kann dir unbedingt dazu verhelfen, deines Wirkens Ursprung greifbar und bestimmt vor dir zu sehen.

Restriktionen sind bei Mir nicht zu erwarten, wo es darum geht, dich dafür anzuhalten in der Begriffswelt Ordnung, Dezidiertheit, Klarheit und Verbindlichkeit zu schaffen. Das ist die Einsicht, die Ich dir am Laufband lichthell, väterlich und mutterstolz gewähre. Nichts ist so plausibel wie Mein Vortrag mitten in der Wüste die die Gaukler, Schaukler, Maturanden, Niederträchtigen und Hocherhabnen noch mit ihrer frühhumanan Eitelkeit beleben. Sie *sind* und sind doch nimmer das, wofür sie sich in ihrem Eifer, Geifer, wie in ihrer prahlerischen und verschwenderischen, oberflächlichen und zackigen Genusssucht halten. Mir tun sie nichts, doch können sie Mir leid in ihrem Wühlen nach Gefühlen tun, die sie nie erreichen können.

Dich aber, Lauschender, will Ich fortan und immerdar mit Meinem Wonnesein aufs Lieblichste beschenken.

5.18
So Bin Ich denn agil wie keiner je zuvor und kreiere Wunderdinge, denen man von weitem ansieht, welcher Genialität und Schaffenskraft, Vitalität und Wohllust sie entspringen.

Was Mich zutiefst befriedet und beseelt das soll auch dir aufs Innigste gefallen und soll dich dazu motivieren, in derselben Weise tätig, burschikos, beneidenswert und unerreichbar aufzutreten.

Mein Gewissen füllt sich ganz entschieden und gewiss mit Inspirationen an, die für jedermann gewinnend und vollbringend sind in ihrer Weise ganze Seinskomplexe zu betreiben und beherrschen wie geschmiert und mit dem Siegel der Gottseligkeit zu krönen.

In Mir gedeihen alle Wesensdinge, so wie sie in keiner noch so cleveren Konditorei, Manufaktur, Perfektion und Prachtentfaltung hergestellt und massenweis vertrieben werden könnten.

Manch Grossmaul ist beim Anblick Meiner Werke zugeklappt und wieder aufgerissen worden im Staunen über ihre mustergültige Glasur. Beredt, baumstark und -lang ist alles, womit Ich Mich geäussert und aufs Podium befördert habe. Dazu sind vor allem Meine Myriaden Helfer da, die gar nichts unterlassen, was Mir Ruhm und Ehre einbringt bis ins Fischerdorf Venezia. Dort habe Ich, am Pierrand sitzend, Meine Füsschen im Morast geschwenkt, der Mir auf dem höchsten Pegelstand seit gestern Nacht entgegenglänzt in der spazier-durchgangenen Markuse.

Erinnerungen können so viel Charme besitzen, weil sie dir bar jeden Aufruhrs und Gestanks, jeder bitteren Enttäuschung, Überforderung, Ruchlosig-keit und Finte lupenrein entgegenkommen, um deine Abenteuerlust gehörig anzustacheln bis zur rasch entschlossnen Wundertat.

Auch deine Wände haben Ohren und die gute Liese trippelt von und zu um dir den neuesten Prospekt und Boom vors Angesicht zu halten. Im Zugriff greifst du schon tief in die Manteltasche und verschwendest was du säuerlich erspart hast von der hohen Kante weg im Nu.

Meine Freude ist der Ruhstand den Ich in der Geistbesonnenheit voll Wonne pflege und der Mein Ein und Alles ist im übersinnlichen Hofieren.

6

Plagiate sind nicht Meine Sache

6.1

Gerechtigkeit an dir wie an der Universenwelt zu üben geh Ich täglich aus und kehre vollbepackt mit vielerlei Erwägungen und Questionen heimwärts geistigen Gefielden zu. Gelöst ist vieles, doch genausoviel harrt noch der tätigen Erlösung in das Sein und Selbstbesinnen wieder.

Plagiate sind nicht Meine Sache, doch in vieler Hinsicht mag es dir erscheinen, dass Ich masslos übertreibe und den Bogen überspanne beim Erläutern dessen, was Ich Bin und dennoch ist`s die lautre Wahrheit, die Ich überall mit wachsender Begeisterung verkünde.

Kannst du Mir erklären, weshalb du so skeptisch bist und wie es dazu kommt, dass du bei allem was Ich propagiere das genaue Gegenteil behauptest und als relevant bezeichnest für der Lebenswelten Wohl und Weh.

Das ist, weil du noch nicht begriffen hast, wie sehr die Dinge sich im grossen wie im kleinen gleichen und dabei beileibe nicht dasselbe sind in ihren Wirkungen und Kapriolen. Von Mir aus heisst es nun, was *ist*, in guten Treuen sowohl auf denselben Nenner wie denselben Zähler zu tradieren.

Wünschest du ein guter Clown zu sein, versetze Ich dich in die Gegend, wo die griffigsten und lächerlichsten Clownereien und Verwerfungen geschehn. Meine Absicht ist es dich in allen Disziplinen regelrecht zu unterweisen, die dir bestens angemessen sind und exakt auf deiner Lebenslinie liegen.

So und somit kann es dir im zeitlichen wie im unendlichen an nichts mehr fehlen, was dich akkurat zu einem Menschen- wie zu einem Götterwesen bildet das sich in seiner Eigenart aufs Beste selbst versteht und auch von seiner Entourage begriffen wird im sonn- wie im alltäglichen Benehmen.

Meine kleinen Winke sind besonders dazu angetan dich bedeutend und beachtet, kapriziös und oft genannt zu machen, Meinem Sinn und Sang gemäss. Das Sinnliche beginnt dann zu verblassen und das Geistige an dir steigt bildhübsch und geklärt wie aus dem Orkus kühler Zeit empor, um unter Meinem Himmel warm und witzig, jederzeit berührbar und im Weltsein bestens etabliert zu werden. Spute dich und dränge dich aus deinem Schoss in Meinen wonnevollen und glückselig-machenden in reinen Götterparadies.

6.2
Ich verehre und durchquere Meine Meere in der Gangart der Gerechten an des Seins bewegungs-süchtiger Kultur. Tradition ist Meines Findens und Erfindens wohlgefälliges Geschlängel durch den Anbruch wie den Abgang glorioser Weltenzeiten.

Ich kneife nie, selbst wenn Ich Mich aufs Penetran-teste und Wirkungsvollste in die Zange und in ihren Zwick genommen fühlen sollte. Du hingegen jammerst dich, wie Mich, um jedes Quäntchen Zahnweh an, das dich hindert daran, tüchtig, süchtig, figalant und zünftig zuzubeissen.

Mein Gelingen und Vollbringen ist auf Fels gebaut, von deinem wollen wir nicht reden, weil es ohnehin zu brökeln anfängt, kaum dass es begonnen und weil „verlass dich nicht darauf", in grossen Lettern auf der kleinkarierten Balustrade steht.

Ich brauche keine Hilfe beim Versenden Meiner Waren, Warengruppen und Wahrhaftigkeiten, denn sie würde nur den Rhythmus stören, den Ich Mir gewohnt Bin peinlich einzuhalten in der Gangart Meiner spiegelblanken Sohlen. Bekräftigen hingegen lasse Ich Mich gern von dir in der Überzeugung, dass du Mich für einzigartig und erbaulich, schöngeistig und gottselig hältst in deinen friedevollen Meditationen.

Willst du vor Mir auch noch so mustergültig scheinen, Ich mustere dich aus, sowie du nicht mehr aufs Genaueste und Wohlbedachteste in Meinem Spurkreis und Partikel, Plenium und Sanktuarium spazieren gehst.

Kein Wunder, wenn sich bisher nur ganz wenige auf dieser Fährte und Verbindung, Fertilität und Urbarkeit gehalten haben. Mir schwahnt, was da noch alles kommen mag, doch du gehst völlig unbesonnen und naiv des Lebenswegs dahin und bist erstaunt, wenn sich am laufenden beschwerliche und scharfgeschnittene Zacken zeigen.

Das Plumpe plumpst ins Wasser, du hingegen sollst es delphinfein durchgleiten und zu Sprüngen aufgelegt und Kapriolen sein von bemerkenswerter Attraktivität.

Stehst du auf Mich so wirst du nimmermehr erliegen und liegst du doch einmal, so stelle Ich dich tifig wieder auf, dass du in träfen Wonnen schwelgst und immerwährendem gottseligem Behagen.

6.3
Ich kenne dich von Anfang an und kann dir nur empfehlen, das von Mir Bekannte mit Bekanntem

von dir unter einen Hut zu bringen. Fang es wie die Tauben an: versetze dich in eine angemessne Höhenlage, um dir zur Gewissheit zu verhelfen über das, was du dir Bist in deines Lebens kunterbuntem Treiben.

Ich pflege streng darauf zu achten, zwischen seinsgerecht und sinnlos, provisorisch und für alle Zeiten festgefügt zu unterscheiden, damit das eine nicht das andere behindert in des Daseins laufendem Verfahren. Somit ist es Mir gelungen, statt ständig hin und her gerissen felsenfest und fertig dazustehn als einer der sich selbst darüber klar ist, was er will und was von aller Welt gebührend akzeptiert wird im gloriosen, zuversichtlichen Erscheinen.

Willst du reüssieren so stelle dir die Dinge deines Weiseseins gebührend und bewusst in einer Weise vor, die ungemein verhält und absolute Klarheit schafft über dein erschütterndes Begehren. Sammle deine Kräfte und fokussiere sie verbissen und gerissen auf den Punkt den du erreichen willst im geraumen Wahlkreis deiner Sitten und Bezüge. Räume sämtliche Bedenken aus und denke nur daran, dass du das Eine Bist, das Ich auch Bin und dem schlussendlich nichts und niemand widerstehen kann in seiner Abergültigkeit, Wahrhaftigkeit und Prophetie.

Das Exquisite lass Ich fahren und schlage Mich zum allgemeinen das sich schon gebührend etabliert hat in der Wesenswelt Erscheinen. Da geht es um die Harmonie wie um die Eintracht aller die das grosse Werk am selben Stricke vorwärts ziehn. Ich betrachte es mit Argusaugen und versende Meine Blicke, Blitze und enormen Donnerstösse dorthin wo noch aufgeräumt und adäquateres vollbracht zu werden hat. Das wird getan von der Gemeinde der Gerechten am genuinen und glückseligmachenden, ereignisvollen und bewusster werdenden Gedankenleben.

6.4

Was immer du beteuerst kann dir recht teuer und ereignisvoll zu stehen kommen, bis es völlig ausgereift und unbestritten dasteht als geheiligt und erhaben. Verbindest du die eine Sache mit der andern bringst du ganze Welten in Betrieb und Aufruhr, um ihr Antlitz konsequent und kunstvoll zu verschönen.

Was immer du dem Leben spendest ist von Mir geflissentlich dazugetan und was tunlich endet muss unweigerlich und offensichtlich über Meinen Tisch gezogen werden. Ist dir etwas schal und schmal, schmalzig, ungeniessbar und verachtenswert geworden, schmeiss es weg, bevor du dir daran die Fingerchen verbrennst in deinem falschen Wohlbehagen.

Das Stupide lass links liegen und dem Seinsgerechten breche freie Bahn mit deinem rechten Fusstritt und Begaben. Nichts hindert dich daran ein Galgenvogel und gewissenhafter Pionier im eignen Sachgebiet zu sein, um allgemein als Auserwählter und Gerissener zu gelten.

Ein Kind kommt, wie es ihm gefällt konkret, glaubwürdig und von aller Welt verehrt zur Erden. Nicht du doch es bestimmt was zu geschehen hat in seinem Ich-Bezug wie seinem Umkreis bis hinauf in höchste Göttersphären. Sein Tatendrängen ist enorm, unwiderstehlich und davor gefeit, schmählich zu fallieren durch Verluste und Blamagen. Sein Aufstieg gleicht dem feurigen Kometen, der sich den Himmelsraum zum Schauplatz seines Gegenwärtigseins erwählt hat, in begeisternder Manier. Nicht zuletzt bist du beauftragt allem werdenden dein Einfluss deines Weistums zu gewähren, wie die Freiheit immerzu sich selbst zu sein in seinen sonnenklaren Sonderheiten.

Du selbst Bist das Modell dem Ich mit tänzerischem Fingerspiel den wesentlichen Ausdruck, die ersehnte Pfiffigkeit und staunenswerte Griffigkeit verleihe, ohne jemals daran zu verzagen. Ich Bin der Geist des ordentlichen Vorwärtsschreitens vor den Augen auserwählter Gaffer, die dem ganzen Schauspiel Rundung, Richtigkeit und Wohlbekömmlichkeit verleihen. Nur das Sagenhafte ist in Meinen Augen wirklich schön und das Singende und Klingende verleiht ihm noch den letzten Charme mit dem sich leben lässt und lieben, glücklich sein und mit namenloser Wonne und Verzückung an ihm hangen.

6.5

Auf der Haupt- und vielen Nebenachsen sollst du taktvoll, tapfer und manierlich vorwärtsschreiten, um noch eben zeitig anzukommen dort wo Ich dich hingeführt und zugeordnet habe. Kennst du den Begriff: gemächlich aber sicher, kann Ich dir dazu den Rest besorgen, der da heisst: mit Kraft und Energie begabt aus Meinen übervollen Schalen.

Ich wette nie, weil Ich doch jedes Mal mit Abstand und Bravour gewinnen würde, was zur Debatte und Entschiedenheit, Spielsucht, Spekulation und Willkür offen stand. In Meinem Habitus sind klare Linien und Begriffe vorgezeichnet, welche dazu führen, dass die vorgegebenen Erwartungen aufs Peinlichste und Ehrenvollste auch erfüllt und gutgeheissen werden.

Es steht von Mir am Anfang jedes Buchs geschrieben: Ehre sei wem Ehre auch gebührt, und das bedeutet, dass Ich Mich mit einer Ehren-haftigkeit und Widmung, Seinswahrhaftigkeit und überragenden Gesittung offensichtlich überhäufe, ohne jemals in gringsten fehl zu gehn. Du hast nichts besseres zu tun als auf deinen Schnitzern und Verfehlungen herumzureiten, in der Hoffnung, sie nicht immer wieder in derselben Art und Weise zu begehn. Ich aber Bin als unfehlbar bekannt und niemand wird Mich jemals einer Ungebührlichkeit und Lässigkeit, Unüberlegtheit und Blamage zeihen können.

In Meinem Zirkus zeigen sich die Akrobaten einhellig und bewundernswürdig, wie sie sind in ihrer unikaten Seinsgeschliffenheit und Wohlfahrt des Agierens. Was du auch nicht erkennst an ihnen ist Mir bestens offenbar, nämlich die enorme Motivation die ihnen von Mir eigen. Das soll auch zu deinem Inbegriff und deiner Wonne werden auf der Fahrt in Meine tiefen Schächte wie auf luftige und lichterfüllte Bergeshöhn. Überhaupt ist niemals abzustreiten, dass Ich Meine Pappenheimer innen wie heraussen bestens kenne und Mich von ihrem wohlgefälligen Gehabe niemals täuschen lassen kann. So sei es, sei hiermit gesagt und sei zu deiner Wohlfahrt schicklich von Mir vorgetragen.

6.6
Musterknaben sind dazu berufen vor aller Welt als lobenswertes Vorbild und Fanal zu stehn. Unser-einer kann das nicht berühren, weil Mein Dasein

absolutem und unendlichem angehört. Du bist noch als ein Rädchen in das Räderwerk der Welt getrieben, Ich hingegen schaue es vom ausserirdischen und himmelweiten Standpunkt an, an dem es nichts zu rütteln und zu deuteln gibt seit Ewigkeiten.

Was Ich in Mir und Meinem Umkreis konstatiere ist des allerreinsten Seins erhabenes Sich-selbst-Begreifen. Das schlägt zentnerschwer zu Buche, wenn in minderen Gebieten Unruh herrscht und unanständiges Betragen. Mein Gewicht hingegen kann das nimmermehr berühren, weil es sich das Erste wie das Letzte, das Ärgste wie das Allerbeste heitern Sinns zugute hält im andersartigen.

Bist du bereit zu wählen, dürfte es dir angemessen sein mit deiner ganzen Schlauheit und Gerissenheit, Verwundbarkeit und miesen Prophetie entschieden auf Mich zuzukommen, um aller Sorgen ledig und nur noch der Sorgfalt des Erhaltens deiner Unschuld und Gottseligkeit geweiht zu sein.

Pankraz der Schmoller in dir ist eben im Begriff dein Lebensfeld zu räumen, weil *du* dich Meinen Werten und Unendlichkeiten zugewendet hast in deiner Philosophie des Freiseins von den Tücken der Verweltlichung, die noch überall grassiert.

Ich spende Himmelslicht, um deine düstern Ecken füglich und vergnüglich zu erhellen, damit auch sie dir zum begehrenswerten Aufenthalt und Glücksspiel dienen mögen.

Die einzigartige Bedingung für dein kostbar und konstantes Wohl ist, dass du Meiner Umsicht und Natürlichkeit im Umgang felsenfest vertraust und damit einen Status von Entschiedenheit, Natürlichkeit und Geistigkeit begründest von unendlichem Gewicht und gotteswürdigem Gehaben.

Im Grund genommen geht es für dich nur darum in Meines Seins Salut, Statut und Seelenseligkeit zu stehn im Wunderbaren.

6.7

Die Dinge Gottes fühlen sich intim und immer noch intimer an, sowie du ihnen folgst und sie dir unvermittelt ihre wahre Schönheit offenbaren. Ich Bin im Paradies und dehne Mich und recke Mich in ihm voll Wonne in unendlich liebenswerte Weiten. Was du auch nicht begreifst will Ich dir nun voll Seele vors empfängliche Gemüte tragen.

Es schwingen sich die Geister Gottes ohne jede Hemmnis in natürlicher Begabung licht und liebevoll in ihrem Sein zu einer Wirklichkeit empor die zählt und ist und sich auf's Schicklichste manifestiert im Geistgewahren.

Ich halte Mich dafur dir anzusagen, dass du nimmer zu verzagen brauchst unter dem Ereignis Meiner gottbegnadeten den Ägide. Gerade das ist, was du dringend brauchst und was dir Kraft verleiht und Süsse des Gelingens deiner Pläne im von Mir vergöttlichten Allhier.

Was Ich wirklich wollte ist noch nie bachab gegangen, weil Meine Flüsse bei Bedarf auch aufwärts zirkulieren. Nur immer zu, lass Ich in Meinem Tagbefehl verlauten und spreche dabei leise wissend aus, was niemand sonst mit noch so viel vergeblichen Versuchen auszusprechen fähig wäre.

Willst du ermitteln so niste dich zuerst in Meiner Mitte ein, um alles zu erfahren was dir wichtig scheint im allgemeinen wie im ganz besondern Falle, den du eben untersuchst. Bist du nicht schlüssig Bin Ich dir nicht gram und Bin vielmehr sogleich bereit an deiner Stelle zum ersehnten Schluss zu kommen. Das aber heisst Ich trage wesentliches dazu bei, dass du dich in der Wonne Meines götterlichten Daseins wiegen kannst und dich als den erfährst der *Ist* und dem die Wesen alle hoheitsvolle Achtung und Bewunderung erweisen.

6.8

Spiesser gibt es an sich schon genug und deshalb will Ich deren Szene keineswegs auch nur um einen wirren Kopf vermehren. Willst du dich als ernsthaft, seriös und magistral bezeichnen braucht es erst einmal Mein Einverständlich oder dann Mein Veto, damit die Angelegenheit nicht schief geht, sondern fabelhafterweis gelingt von allem Anfang an.

„In den Sternen stets geschrieben", ist in Meinem Rahmen und Gezelt gar nicht so ohne, denn das heisst: in Mir und Meinen sagenhaften Definitionen. Kunstvoll und bestärkend, delikat, erfolgreich und verehrenswert ist alles, was sich als Produkt und Feinheit aus der Küche Meines Garens präsentiert mit wunderbarer Wirkung und Gewähr.

Gehst du baden kauf genügend Sonnencrème, dass deine dünne Haut als dick, robust und durchgegerbt vor aller Welt erscheint, um sie von deinen überwältigenden Qualitäten sinngemäss zu überzeugen.

Weltmännisch gross sollst du dich jederzeit benehmen und keineswegs als wärst du noch in deiner Mutter Schoss geborgen, denn die Naiven werden aus Prinzip und mit bemerkenswerter Schlauheit über`s Ohr gehauen von der Menge derer, die nichts besseres zu tun und abzuhandeln pflegen.

Sieh dich bitte vor, dass du nicht in Versuchung kommst, den Stärkeren zu spielen dort wo die Schwachheit vor dir auftritt und versagt. Wie du's wissen solltest, Bin Ich ohne Unterschied für alle liebevoll und fördernd da, um sie, anstatt wie du, zur Strecke, zur Erkenntnis ihrer selbst zu bringen. Alle sollen an Mir teilhaft und gewachsen sich erfühlen und den Kopf in jene Richtung drehn, wo *Ich* Meines Reiches Zepter führe. Das sind die überirdischen Bereiche einer Universenwelt, die sich den Weis-Gewordenen als Einheit in dem Vielbegriffenen erweist von namenloser Wendigkeit und seelenvoller Harmonie.

Sein vom Sein Bist du und nimmer zu verleugnen, weil in Meinen Augen alle deine Pläne auf vollendeter Erfüllung stehn. Das Zweifeln wird wie Zunder von dir fallen und die Überlegtheit wird von dir Besitz ergreifen, dass du Meinem Wort vertrauen kannst in der Beseelung und Beglückung, die dich immerzu von ihm durchlichtet und durchströmt.

6.9
Wer schickt sich wen gewissenhaft zu Grüssen an, wenn nicht Ich in Meiner allerfüllenden Gerechtigkeit am Sein und Leben. Es ist das blendend Neue das Mich fasziniert und das wie aus dem Nichts ersteht im zügigen und züngelnden Gedankenspiel.

Du hast dich demnach an ein schwer zu fassendes und passendes zu halten und dich darin einzurichten, ohne Murren und Spektakel, wie es auch für Mich schon immer gültig war. Das Wohlbekannte hilft dir dich im Labyrinth der dräuenden Gefahren mehr und mehr zurechtzufinden und dem sichern Ausgang konsequent, tatkräftig und befreiend zuzustreben.

Was Mich reizt soll auch in dir geflissentlich zur Reifung und Vollendung kommem, damit der Sinn der Welt im Universenreich erhalten bleibt in vollen, runden Meisterzügen.

Ich kneife nie, doch kneife Ich dich in die Schenkel damit du endlich aufwachst und dein Soll verteidigst und beförderst laufend vor dir her.

Was immer Ich gewahre will Ich auch in bester Absicht, bestem Zustand und bedeutungsvoller Virulenz erhalten, sodass es sich bemüssigt fühlt Mein Namensschild auf hoch erhobener Stirn zu präsentieren, um Mich damit zu loben und zu preisen kreuz und quer.

Die wahren Denker sind Mir wichtig, weil sie das Vollbrachte zu taxieren und das Werdende in aller Form zu unterstützen wissen. Kreative Geister sind Mir stets die Träger und Verwirklicher von unerhörten Innovationen und beseligenden Quantensprüngen in der Tat gewesen. Initiative zahlt sich immer aus, wenn sie auch hin und wieder flöten geht in ihren klappernden Versuchen. Beständig und umfassend Bin Ich da, um denen einzuheizen, die noch schläfrig auf dem Trocknen liegen und sie dafür zu motivieren, dass sie Meinem Faden folgen und folgerichtig das Erhabene und Zielbewusste freudetrunken durch die Lebenswelten ziehn.

So wanderst du, dich wandelnd, haargenau demselben Ziel wie Ich entgegen, nämlich: dich dem
wahren Sein zu stellen und damit das Wonnesein
und Equilibrium der Geistwelt zu erfahren.

6.10
Ich erhalte und gestalte Meinen Geist und Sinn in
absolutem Frieden. Was Ich im Gestilltsein unternehme strömt den Duft der Weisheit aus mit der Ich
frohgemut und leichthin operiere. Den Entgelt für
Meine wohlgelungnen Taten kann Ich ruhig stehen
lassen, weil Ich weder Tantiemen oder frisch-
gebackene Brötchen für den Unterhalt benötige

Ich bezahle was Ich schuldig Bin mit geistvoll
aufgemachten Anekdoten und schmücke sie mit
Inkubablen und Bebilderungen, denen man den
Witz, die Würze und den Charme, die Zügigkeit und
Wahrheitskomponente schon von weitem ansieht,
die sie federleicht verstrahlen.

Ich tupfe bei dir haargenau auf jene Stelle, wo der
Hase Halme knabbernd im Boschetto liegt, um dich
von den meisterlichen Plänen abzulenken, die du
für dein künftiges Verhalten hegst.

„Laudate Dominum", empfehle Ich dir ständig vor
dich hin zu singen, um der unverdienten Seinsgeschenke Willen, die Ich dir am Laufband wie auf
dem Tablett serviere.

Nichts stillt dich so wie Mein gepfefferter und
wohlgespickter Braten, der von Nährwert was versteht und dich im Geistesleben wach erhält
klammheimlich und von niemand überboten.

Was Mein stetes Heitersein betrifft, kann Ich nur sagen, dass es echt ist wie die Perlenschnur um einen hübschen Hals getragen. Das mag auch dich auf den Gedanken bringen, dass es effizienter ist mit guter Laune und gereinigter Gewissenhaftigkeit voranzuschreiten, statt mit Hängewinkeln an des Mündchens traurigmachender Staffage.

Modulationen aller Art kommen deinem pflegeleichten Sinnen alleweil entgegen und bewirken einen Schub von Wohlfahrt, Zuverlässigkeit und Höflichkeit in deinem wohlbegründeten Gehaben.

Nicht du kannst dich auf deine Redlichkeit im Sein und Sichersein berufen, sondern Ich allein in der unendlichen Bedeutung, die *Ich* Mir ohne Scham und Schürfung zugetraut und zugemessen habe.

Alles was Ich als gesichert und gewichtet unternehme weidet sich am Klang der Güte, die Ich ihm mitten auf den Weg gegeben habe. Das verleiht ihm Sinn von Meinen Sinnen und bewirkt dein Wonnesein am Leben, Lieben und Gedeihen im von Mir gesegneten Allhier.

6.11

Ich betrachte Mich als seinsbetrachtende und nimmermüde Entität im Weltbedeuten. Was Ich von Mir sage stützt sich auf äonenträchtige und -prächtige Erfahrung in des Seins erhabenem Gebiet von überragendem Sich-selbst-Erfahren.

Jeder Meiner Äusserungen steht eine Innenwelt von überwältigendem Zaster, Zertifikat und Richtwert gegenüber, die dem Ganzen Rundung, Rarität und bare Unbescholtenheit bereitet.

Ich breche auf, wo immer es Mir angelegen scheint ins Räderwerk der Welt zu greifen und gewisse Konnektionen anzutreiben, derweil Ich andere zum Stillstand bringe mit erstaunlicher Gewähr für Fortschritt und allherrliches Begaben.

Wo immer es gegeben ist winde Ich Mich elegant hinaus, um ohne jede Schädigung aus der Affäre, Madness und Behinderung hinauszutreten. Ich klappe auf und zu, so wie es Mir gefällig, angemessen und berechtigt scheint in allen Situationen in die Ich Mich spontan verwickelt seh. Daraus geht hervor, dass in Meinem Laden und Gelände Ordnung herrscht von freudetreibender Manierlichkeit und heiterem Bewundern.

Meine Fahnen stehn im Sturm solang es Mir daran gelegen ist enorme Winde anzufachen, um Bewegung in den Lebenspool zu bringen und dem Stillstand Mein Statut des rüstigen Vorangehns zu servieren.

Meine Aktionen, Applikationen und Beförderungen sind nicht mit der Elle, sondern mit dem Lichtstrahl auszumessen, der mit rasender Geschwindigkeit das Weltenall durchmisst und dem Betrachter zeigt, wo's in die Länge und die Breite geht in Meinem räuberischen Raumgefühl.

Gar vieles magst du kennen, doch solang du Mich noch nicht in dir erkannt hast, bist du wie ein Auftritt ohne Boden und verwirbelst dich in einen Abgrund von unendlich düsterm Gähnen. Das heilt dich von der Sucht nach Irdischkeiten und führt dich passgenau in Meine sylphenreine Lichtwelt und Erhabenheit hinüber. Dort errichtest und erlebst du deines wahren Seins gottseliges Bedeuten und erlabst dich an der Stimmung des Behütetseins von Meinem götterlichten Ideal.

6.12

Ich denke dich, bedenke dich und du wirst Mir dann sagen, ob Meine Direktiven fabelhafte Früchte tragen.

Bekenntnisse sind rüstig, knabenhaft und schön solang sie zur Erbauung und Belehrung dienen; willst du dich jedoch brüsten damit kannst du sicher sein, dass sie den Zweck verfehlen und höchstens mitleidsvoll belächelt werden.

Wer sich nicht schämt gehörig aufzuschneiden, schneidet miserabel ab und muss sich nicht verwundern, wenn er regelrecht geschnitten wird von denen die er für die Seinen hält in seiner Perspektive, Polarität und Eingeschlossenheit im eigensinnigen Rahmen.

Nicht nur Ich durchschaue Meine Pappenheimer und Proleten und weiss sie tüchtig abzukanzeln wenn es sein muss, oder aufzuheitern, wenn sie den Sonnenschein zu arg vermissen in ihrer seinsgewissen Euphorie.

O selig, wer sich noch mit dem befassen kann was droben ist und nicht dem Wähnen unterliegt, dass nur das Untere, so richtig Fassliche genügt, um sich im Dasein tunlich einzurichten und es auch tatenfreudig zu bestimmen.

Mein Briefing hat den Zweck, dir Rügen wie auch konstruktives Fügen zu erteilen, um dir darzulegen, was zu tun ist und zu lassen in der Folgerichtigkeit und dem Vollzug der muntern Lebenstage.

Überlass es nur der Weisheit Meines Dich-
Befragens ob du richtig liegst mit deinen Argumenten von des Daseins Sinngedicht und Qualität,
die dich von Augenblick zu -blick beseelen. Meine
Ansicht kann nur richtig sein, weil alles was Ich Bin
dem Weltenwohl verpflichtet ist und dazu beiträgt
ihm zu dienen. Erst komme Ich und dann, gerade
vor dem Untergehn, kommst du mit der brisanten
Bitte, von Mir von deiner Strasse weg gerettet und
saniert zu werden. Das ist nicht gerade nobel, aber
wenigstens entspricht es dem Versuch dich an Mir
aufzurichten als am festen Stab, der jedem, der da
will zur Besserung verhilft in seinem burschikosen
Zwitterleben.

So Bin Ich und so Bist du und beiden ist im Grund
genau das selbige beschieden, nämlich: Seinsgewissheit und gottselig aufgemachtes Wohl.

6.13
Ich poche auf Erfüllung währenddem du auf dein
Ränzel deutest und ihm zugestehst was es dir zu
bedeuten weiss in deinen flegelhaften Speku-
lationen.

Meine Ansicht von der Welt kann nur die Rechte
sein, weil Ich sie Mir ganz ohne Vorbehalt erschaffen habe. Ich wusste dafür Millionen aufzuwerfen, von denen viele schon im Niedergang den
Zweck verfehlten, den Ich in sie gelegt und
eingemittet hatte.

Längst und tunlich habe Ich Mich von dem
Mittelmass entfernt, in dem Ich Mich vor Zeiten
eingerichtet und für schön befunden hatte. Ich
bildete Mir grössres zu erreichen ein als es Mir
bisher schon gelungen war. Und siehe, es gelang,

wenn Ich dem Sternenall Betrachtung und Beachtung weihte im gewissenhaften Selbstgenügen.

Du pendelst zwischen Mir und dir beständig her und hin und glaubst dabei den Faden zu verlieren der dein Sein mit Meinem unbedingt verbindet in gottseliger Gewähr.

Ich sehe wie du ausschwenkst und schwenke unvermittelt alles wieder ein zu deinen Gunsten und um Mich dir günstig und gefällig zu erweisen. Klage dich nie an, weil sie bestimmt auch Mich betrifft in deiner Einigkeit mit Meinem geistbeseelten Wesen.

Bist du beritten bist du unbestritten auch versucht, dich gegenüber der Umgebung auf dem hohen Ross zu fühlen und dich damit vor Mir gering zu halten dir zum Schaden. Was geschehn ist, ist sogleich ins allgemeine Sein erhoben und kann nicht mehr gelöscht, verniedlicht oder aufgehoben werden. Das kann dir sauer auf den Wecker gehn und muss doch ausgehalten werden als ein Lehrblätz in der Folge deiner malefizen wie bewundernswürdigen Affären.

Mir kommt es immer vor, als sei in dir das Wirkliche erloschen und du befändest dich im Durchzug einer herben Illusion, die es zu meistern gilt, ohn` jegliches Versagen.

Was Mir gelungen ist, muss jetzt und immerzu bewusst und sachlich auch auf deiner Fährte liegen damit die Sage sich erfüllt von deinem Aufstieg in die hoheitsvollen Götterregionen, die dich für dein Wollen reich belohnen und deiner reinen Wonne in Mir götterlichten Vorschub leisten.

6.14

Bieder oder bitter beides ist zu meiden, wenn es in deinem Kontext darum geht, den Herzensfrieden zu bewahren und dein Heil in dem zu suchen was *Ich* dir sein kann in den Geistessphären.

Du kannst nicht scrollen und zugleich dem PC grollen, weil er den Mischmasch, den du ihm servierst, nicht nachvollziehen kann. Sein Sein ist deinem haushoch unterlegen, weil er nur zum Gehorchen fähig ist, doch nie um neue Wirklichkeiten zu kreieren.

Wenn du beklommen bist klemmst du dir bald einmal die eigenen Finger ein im zähneknirschenden Die-Welt-Verfluchen die dich dem Gefühl des Elends überliess. Ich aber harre aus an deiner Leidensstätte und bediene dich mit wohlgefälligen Gedanken. alsobald wie du sie inniglich von Mir erflehst.

Nicht „Trauer muss Elektra tragen", kann dann die Parole heissen, sondern „alles Leben ist doch schön und gut im Bettumdrehn".

Erweisest du Mir Loyalität und sittliches Benehmen, entlöhne Ich dich dafür mit beglückender Beschaulichkeit und Lebensliebe, Harfenklängen und Erfahrungen Elysiens, die deine Sicht vom Trübsinn weg zur Glorie des Allerhöchsten führen.

Du bist exakt und gegenläufig zum verworrnen Weltgeschehn dazu bestimmt ein freies, fabulöses und beseligendes Dasein zu erleben, das die Sehnsucht nach Erlösung stillt und Wonne in das stille Herzensstübchen bringt von Meinen auserlesnen Gnaden.

Ja, du bist der Benjamin in der Entfaltung Meiner Wesenszüge und darfst dich dennoch rühmen, eines Gottes Konterfei und Ebenbild zu sein in geistdurchschossnen Zügen. Das soll dir für den Augenblick genügen und dir Meine Ansicht kundtun von der Wesenswelt und Weltenkraft, ihrem sagenhaften Ziel und namenlos bewussten und beseligenden Blauen.

6.15

Jedenfalls will Ich auch vor deinem Haus und Hof Mahnwache halten, dass sich ihm nichts übles naht und nichts geschieht, was ihm Verderben, Verluste, Unheil oder Zwistigkeiten bringen könnte.

Ich Bin dir dankbar, wenn du scheigst statt immerzu das grosse Wort zu halten über deine mickerige Welt und dann noch über Meine grandiose, die es wahrlich nicht verdient von einem Spiesser, Grillenfänger und Banausen kritisiert zu werden.

Beileibe besser könntest du es haben, wenn du mit Vertrauen auf Mich deiner windigen und winkel-süchtigen Wege gehst und deinen Bart bebrummst mit resoluten Klagen. Alle sind konfus ob dem beispiellosen Weltgeschehn, das euch auf den Wecker trommelt in der Folge eurer Missetaten. Da gibt's nur eines: Mut zu generieren und in Meinem Sinn und Geistgehalt und unter Meiner Supervision getrost ins künftige zu schreiten, was da immer kommen mag.

Was dir bekannt ist sollst du nicht mit all dem Überrissenen benennen mit dem du dich wie eine Henne plusterst, um als Held des Tages und der Tugend dazustehn.

Mich beschäftigt hier und da die höchst brisante Frage, ob denn wirklich alles was Ich mit solcher Umsicht und Besorgtheit, Überlegtheit und Empfindsamkeit geschaffen habe von dir zerzaust sein muss, um deinen Hunger nach Sensationen punktgenau zu stillen und dein Ungerechtsein noch dazu.

Ich rufe nichts hervor, was deinem Renommee zum Schaden und zur Schändlichkeit gereicht, du hingegen scheinst nichts besseres zu tun zu haben als verbotenen Gelüsten und Verstiegenheiten nachzugehn, die dich ins Unheilvolle führen.

Wie warm und innig darfst du dich im handumdrehn erfühlen, wenn du Meiner rege dich bedienst, um wunderbarerweis voranzukommen in der Seinsbeschaulichkeit und besserwissenden Natürlichkeit, die Mir in jedem Falle eigen. Bei Mir ist blau noch blau und kurz nicht lang und so sind alle Meine die Dinge wohlgeordnet wie am Schnürchen aufzufassen, dass es eine Freude ist sie anzusehn und ihnen nachzueifern mit Bedacht und gutem Willen in der Wonne des Gerechtseins vor und hinter dir.

6.16
Moderne Kinder sind des Tastens sich gewöhnt und schöpfen ihre Weisheit aus den handlichen Gefässen die allwissend sind durch die Kontakte, deren sie sich ungeniert bedienen.

Unbemerkt schrumpft ihr Gehirn zusammen, bis es nur noch eine Knolle ist den Mist zu nähren, den sie täglich zu durchwaten haben.

Ich aber Bin bestrebt aus dem marod gewordnen Menschentypus eine Rasse gottbegnadeter Gebieter ihrer selbst herauszuschlagen, die sich in Kreationen übt von Meinem Sinngehalt und wundertätigen Gehaben.

Was sich die Herrscher dieser Welt beileibe noch zu sagen haben, sind die Kriege und Vermutungen, Machtvollzüge und feindseligen Gesten, die auf höchstem Niveau Spannungen erzeugen, verwerflicher geht's nimmermehr. Die Herrscher haben abzudanken um ihr Stühlchen neuen Potentanten leer zu lassen, die noch ärger wüten als ihr Vorfahr hinterher.

Damit komme Ich zum Schluss, dass viele ihrer Gänge grade schräg sind in der bitteren Manie, mit der sie diese listenreich beschreiten.

Willst du dich besser als sie halten, ist es dir keinesfalls verwehrt den Hochflug und die Griffigkeit von Meiner weltenschaffenden, manierlichen Synthese aufzugreifen und sie dir begrifflich, adäquat und lupenrein zu machen durch die Fülle Meiner Gnaden, die Ich dir reichlich und vorzüglich zugesteh.

Was immer du erstritten und erlitten hast, ist Meinem Einfluss ebenso wie deinem Schicksal zuzuschreiben. Sie sind für deinen Lebenslauf dein Los und formen dich und schützen deine Triebe, dass sie nicht dem Überborden sich ergeben.

Wenn du nur willst, kannst du inmitten der Gepressten einer wackeligen Welt deinen Part mit Trefflichkeit und Wohlgeordnetheit versehn, um vor Mir als Seinsbefreiter, Kundiger und Kerngesunder zu bestehn. Dein Gewölke ist verflogen und dein Herz vertieft sich unterm himmlischen Azur in

Meines Lichtes sanft gestimmtes Wogen, wehrhaft, wesentlich und pur.

Wohlgebildet ist dein Sein und ist im Wohllaut Meiner Göttlichkeit diskret und inniglich an Mich geschlossen, inhaltsschwer und sylfenleicht in der Vollendung deiner wie auch Meiner Liebestaten.

6.17

Wie fühlst du dich in deiner Eigenart zu sein und deine Mustergültigkeit, Standhaftigkeit und Lebenstüchtigkeit zu proben? Ohne Meine Stärkung würdest du an deinem eignen Elemente jämmerlich versagen, doch mit der Überzeugung, dass Ich in dir Bin vermagst du Berge zu versetzen und ganze Täler aufzufüllen in der geistigen Natur.

Mit vollem Recht pochst du auf deine Rechte an der göttlichen Natur von der du dich getragen und erhoben siehst in einem wunderbaren Kräftewallen, das von Mir ausgeht und das wieder endet im Unendlichen von Meinem Rang und Sang und Namen.

Was Ich dir rate ist: greif zu und lass dich nicht beirren von Gedanken, die allein dem Irdischen geweiht sind das ja nur selbander mit Mir, dem Kreator Mundi, existieren kann. Im Reich der philosophischen Gepflogenheiten und Ermittlungen ist diese Einsicht elementar und kann von keiner anderen mit Aussicht auf Erfolg bekämpft und aus dem Feld geschlagen werden.

Vice versa glauben sich so viele Völkerscharen alleweil berechtigt anderen mit aller Raffinesse, Tüchtigkeit und Überlegenheit das Wasser abzugraben und ihnen damit langsam aber sicher den

Garaus zu machen. Das führt zu Ungerechtigkeit, zu Krieg im Frieden wie zu schmerzlichen Verzerrungen in der gesamten Seinskultur.

Was zu solchen bittern Resultaten führt ist die Eigensinnigkeit, der Eigendünkel und die Rücksichtslosigkeit, die noch in vielen engen Stirnen existiert, grassiert und bis aufs Blut gehätschelt wird vom Bettler bis zum höchsten Würdenträger den man sich erdenken kann im Menschenpool.

Wie Wasser durch die feinsten Ritzen dringt, so auch Mein Wort in die verschandelten Gemüter und lässt den Heilstrom der Vernunft durch ihre Zellen fahren. Die Lebenswege werden offener und wohlgefälliger, liebenswürdiger und seinsbewusster durch die Landschaft Meiner Geisteswirklichkeit gezogen. Sie bewirken mählich und gekonnt ein Auferstehn zu Meiner Glorie und Gelassenheit am Ganzen, das Ich Bin und das unweigerlich von Meinem Ursprung geistiger Natur zur Seinsvollendung führt. Das vollzieht sich in der Eintracht Meines göttlichen Begehrens wie der Friedefertigkeit und Überlegtheit, Überlegenheit, Wahrhaftigkeit und Daseinswonne, die Ich in die geisterfüllte Universenwelt geschrieben.

6.18
Ritter Blaubart dankte Gott auf beiden Knien für die Schützenhilfe, die er von ihm gewährt bekam für seine staunenswerten Taten. Die Heutigen sind spröde. Sie finden kaum ein gutes Wort für Mich, wenn sie auch arg in Nöten waren und Ich Ihnen freimütig und gesondert aus der Patsche half in die sie plumps und plump hineingefallen.

Die Technik machts und ihr vertraut der Mensch beinahe alles an, was rohe Kraft braucht, Raffinesse der Bewegung bis am Ende niemand mehr mit Fleisch und Blut und hochgestellten Ohren nötig ist dazu.

Was also ist zu tun, um zu den technischen Errungenschaften Meine geistgesättigten und amourösen schlicht und seelenvoll hinzuzufügen? Mein Weg führt in die Stille und Gestilltheit der Gedanken, die das Innige und Herzliche, das Feingefühlte und Erhabene in dir zum Tragen bringen.

Deine Sinne sind verwöhnt vom Zauber der hochfliegenden Gedankenfolgen, die auf`s irdische und praktische fixiert sind und mit ungeheurer Wucht und Schwermut an ihm kleben. Das führt zu tragischen Verflechtungen, Verirrungen und Komplikationen, die von keinem noch so cleveren Gelehrten oder Wächter wissenschaftlicher Belege aufgelöst und mit dem rechten Mass versehen werden können. Nur Mir ist es gegeben, massvoll, angemessen, mustergültig und devot zu sein Mir selber gegenüber in der Kaste, Kategorie und Quirligkeit des wahren Seins. Es stützt sich auf sich selbst in geisteswürdiger Manier, statt auf den Glanz von Messing, Ministerien und blendenden Collagen.

Meine Seiten lassen sich mit Leichtigkeit, eine um die andere, von links nach rechts bewegen, deine jedoch kleben aneinander wie die Kletten. Sie verbergen dir das Wesentliche, das Ich Bin in überirdischer Behutsamkeit, Vertrautheit mit den Geisteskräften und holdseliger Bewusstheit und Bedenklichkeit von dem was wirklich ist. Es west im

Kern des Lebens wie im universenweiten Umkreis, den Ich in äonenlangem Wirken, Austarieren, Plausibilisieren und Beseligen für alle Wesen irdischer wie geistiger Natur geschaffen habe.

6.19

Hast du alles im Griff will Ich dich folgerichtig fragen, denn die Zeiten ändern sich und du hast neues zu erringen und ertragen. Vieles muss dir noch entgleiten, weil dein Blick wie deine Hände nicht genügend griffig sind, um anzupacken, wo es Not tut, oder abzuweisen wo Gefahr droht oft sogar für Leib und Leben.

Gehst du in den Tag, so tue es nicht so als gingest du spazieren, sondern mit der Absicht, etwas Tüchtiges zu leisten und auf deinem Recht zu Leben regelrecht und würdig zu bestehn.

Ich horche dich nicht aus, doch hab Ich feine Öhrchen, die von deinem Unmut oder deiner Heiterkeit sogleich gebührend Kenntnis nehmen. Mein Manifest Bist du in allen weltlichen Belangen wie in denen die unendliches zu offenbaren sich bemühn.

Was weisst du von den Parzen, die den Tod zu bringen scheinen, derweil sie nur verwandeln, was du Bist, indem sie es vom Eingebundensein. Kurzum ins Unermessliche verjagen.

Hältst du dich für etwas so kannst du dich ganz ruhig auch für eine Gottheit halten, die sich in ihrem Gangway, Seinsgebiet und Prädikat als Wesen höchster Selbstbewusstheit, Wachheit und Ent-schiedenheit verhält im von Mir aufgesetzten, kosmischen Gefüge.

Was kommt dich an, so energisch und gebieterisch, verwegen, weltenschöpferisch, zielführend und verbindlich aufzutreten? Das ist Mein Wille der in dir rumort und dich mit Absicht und holdseligem Verlangen dorthin führt, wo Ich dich haben will: in der Grazie und Gediegenheit elysischer Gefilde, die dir fortan das Ein und Alles, wie das Fabelhafte und Holdselige bedeuten sollen.

Nicht von hier und doch von urbedeutender Geselligkeit mit deinem Wesen ist Mein Einfluss in der Welt der Lebensdinge, der zähnefletschenden Kläffer wie dem Gegacker vieler Hühnerställe, die trotz allem Wüten von dem wahren Leben nichts verstehn.

Mir allein ist es gegeben, dich in die Geheimnisse des Daseins einzuweihen und es mit Wonne und Gelassenheit, Natürlichkeit und solitairer Seinsbewusstheit zu begaben.

6.20

Willst du mehr vom Jenseits wissen, klopfe bei dir selber an und finde dort das Ruhekissen exquisit und himmelan. Nutze deine Lebenstage um zu klären was dir frommt und was manche bange Frage mit Erklärungen besonnt. Dir ist alleweil geholfen, wenn dein Herz nach Meinem schlägt und in des Seins immensem Golfen Klarheit in dein Leben trägt.

Willst du Aufruhr niederschlagen trenne dich von Hast und Hass und damit auch von manchen Weh, das du dir selber aufgeladen wie Ich mit Argusaugen seh.

Ich möchte nur dich stille wissen in Meines Hofes glanzumfriedetem Revier und dir die Fahne der Erbauung hissen von dort zum lichterstrahlenden Allhier.

Was du einst wirst ist schon seit Ewigkeit in Meines Herzens Almanach geschrieben und lässt dich alleweil im Klaren, wo es lang und in die Riesenbreite Meines Universums geht. Für Mich ist längst schon alles Gegenwart geworden in der Zeitenlosigkeit die Mir seit Ewigkeit beschieden.

Gewollt und ungewollt bist du an das, was Ich Mir Bin, gebunden und wählst bei allem was du bittend suchst, nur immer Mich in deinem bittersüssen Wähnen. In Meine Huld und Schuld bist du gegeben, Ich erlasse dir was immer dich betrifft, und überlasse deinem Lebenswerk goldrichtiges Gebaren.

Was immer auf dich zukommt, hat den Zweck dich in die Seinsgefälligkeit wie Meine Liebenswürdigkeit zu führen. Im Dort und da Bist du damit geborgen und hältst dich in ihmauf, wo andere sich noch an filigrane Halme halten.

Geschwind und sinnvoll, sinnlich und erhaben wechseln so die Szenen, deren Mittelpunkt du Bist und die dich stressen und erlaben im Takt der Seinsgerechtigkeit, die Ich an dir verübe.

Du kommst Mir hochwillkommen, wie immer du dich aufführst und vergibst, wenn du nur kommst, um dein immenses Gotteserbe in Besitz zu nehmen. Das wird dir gut tun und dir all das Treffliche bescheren was dir frommt und wessen Ich Mir Zeuge Bin voran, wohlan und wonnevoll wie nichts im klaren, wahren, weisheitsvollen und bewundernswerten Seinsgewissen

6.21

Wogegen *du* bist muss Ich noch lange nicht auch sein mit der überragenden Erkenntnis Meines Seinsgewissens das Ich Mir im Kampf wie in der Friedefertigkeit errungen habe.

Fein und wachsam steh Ich da als Beispiel für die vielen, die den Minnesang an ihre Wesensgrösse lang schon angefangen und noch keinenfalls beendet haben.

Was das für Mich bedeutet kannst du dir sogleich vor Augen führen, wenn Ich dir sage, dass Ich dich Bin, aus demselben Sein und Sinnkreis, in das Weltenall geflossen.

Jene, die sich dieses Werdegangs bewusst geworden sind, haben alle Trümpfe in der Hand, um in götterlichter Art und Weise zu agieren und zu reüssieren, ohne dass sich ihren Plänen und Verwirklichungen jemand auch nur im Geringsten bockig zeigen und entgegenstellen kann.

Ich rühre da an Saiten die dich wie Harfenklänge bis zuinnerst und zuäusserst wunderbarerweis berühren müssen. Sie sind bestens dazu angetan, dich ewig heiter und gelassen, losgelassen und solvent zu stimmen in der Stichwahl die sie ständig auszubaden haben.

Kannst du ermessen, wie konkret dies alles dich auf eine Fährte führt von seinsvollendeter Genügsamkeit am Sein und Leben, wie am erschütternden

Lebendigsein in so und soviel äusserst kritischen und unstabilen Situationen.

Kläglich zu versagen droht dir nimmermehr, wenn du dir bewusst Bist, wie Ich als des allgemeinen Seins Begriff und Bote hinter dir und um dich steh, um dich vor Nagetieren und gerissnen Gaunern pausenlos zu schützen und dich durch das Wasser wie das Feuer pflichtgetreu wie ein dekorierter Konstabler zu begleiten.

Somit Bist du nie und nimmermehr allein auf deinen pfeilgeraden wie auch schiefen Touren, die dich prägen und dein Seinsgeprägtsein noch um ein erkleckliches vermehren.

Wie bitte, hör Ich dich in Innern leis und leicht besagen, ist das möglich, dass Ich eine Variante Bin des reinen Seins und Mich in diesem Zustand tanzen sehen darf vor Wonne und glückseligem Erlaben.

7

Im fantasieren Bin Ich voll dabei

7.1

Im fantasieren Bin Ich voll dabei, so wie Ich im denken oft daneben Bin berührend anzusehn; ein Zwitter also, der sich selber teilt in oben, unten, rechts und links und am Ende richtunglos umherirrt im Gedankenlesen.

Bist du an dir selbst genügend irr geworden, schlage Ich Mein Zelt gerade neben deinem auf und mache dir beliebt, dass Ich fortan das königliche Zepter für dich führe. Dann bist du nämlich bestens in der Universenwelt und -wirtschaft aufgehoben, die Ich mit soviel Herzblut und Gerissenheit, Andacht, Wehmut und Erfindergeist geschaffen und gehätschelt habe.

Für dich ist es nun relevant am selben Strick und Faden, Nadelöhr und Kontrapunkt zu ziehn, wie Ich es Mir schon immer freilich zugemutet habe. In dieser Hinsicht hast du noch viel nachzuholen von dem, was als Versäumnis vor wie hinter dir platziert Ist.

Nicht vergebens habe Ich dich dazu aufgerufen, endlich was zu tun im Umkreis der Beschäftigungen, die Ich vor dich hingelegt und dir zutiefst empfohlen habe.

Willst du es mit Mir und Meiner Pfiffigkeit, Meinem Schwung und Meiner Rasse nicht verderben, konzentriere dich darauf das, was du in allem Ernst begonnen hast, auch wirklich zu vollenden, dass es glänzend und galant vor aller Welt brilliert und paradiert in nie verebbendem Begaben.

Was immer du in bester Absicht tust, wird von Mir nicht verleugnet und zerzaust, verunglimpft und verworfen werden, sogar dann, wenn es dir kläglich und markant misslungen ist in seinem penetranten Garen.

Gestalte, was du immer modulierst, in Linien, die nach oben zielen und dort von Mir ins Unermessliche erhoben werden. Daraus ergibt sich dann das elitäre, exemplarische und verführerische Wachstum das Ich bislang noch zu wenig an dir wahrgenommen habe. Es umfasst den Gang zu Meiner exquisiten Freiheit im Gedankenleben, wie die Toleranz die Ich den Strebenden und Bebenden beständig angedeihen lasse.

Tust du dies so wirst du Himmelswonne und Holdseligkeit in dir erfahren.

7.2

Besonderheiten können auch von Mir besonnte Episoden sein, die dein Leben radikal verändern Meinem Universenwalten zu. Burschikos gesagt heisst es von Meiner Seite: mach dich auf die Socken, um den Anschluss an Mein Reich und Meinen Reichtum nimmer zu verpassen, denn da geht es nicht um weniges, sondern um gar alles in des Daseins ringeltänzerischem Brauchtum und Juhee.

Wer kennt nicht jenes Völkchen, das zum Spass als wahre Lebenskunst die Treicheln schüttelt und dazu ein herzergreifendes Gejohle von sich gibt dem jeder gerne lauscht und sich davon berauschen lässt in seinem Über-sich-Verfügen.

So wie Ich Bin in der betonten Eigenart der Leute, die Ich meine, sollst du auf deine Weise auch auf

Draht und Dringlichkeit, Verschrobenheit und hell bewusstem Geistgewitter auf der Fahrt sein in Mein kluges und bewundernswertes Seinserleben.

Diagonal vernetzt und vertikal an Mich gebunden Bist du alleweil auch ohne es zu wissen oder innig wahrzunehmen. Das ist wichtig in dem Sinne dass du dich nicht vollends an das Weltliche verlierst, das dich so penetrant, urwüchsig und gebieterisch umflutet, wie das Wasser eine Jolle im von Mir bewegten Weltenmeer.

Letztlich geht es darum, dass du lernst dich selber zu begreifen und dein eigner Ratschlag, Schläger und getroffner Ball zu sein in allen deinen musterhaften oder kläglich abgespannten Aktionen. Deine Lebenstage sollen in Prinzip darauf gerichtet sein, dich immer weiter ins beschauliche, gottselige und heitere hineinzuführen, wo Ich der Hausherr und Gebieter Bin in wunderbar harmonischen und blütenreinen Massen.

Derweil du kommst zieh Ich Mich längelang zurück, um dich bewusst, betont, wirkkräftig und galant dem Ewigen zuzuführen. Das wirst du bald als dein Erstrebenswertestes und Liebstes Los empfinden in der Galerie der Losgelöstheit, die Ich dir abzuschreiten bestens anempfehlen kann im Seinsgewahren.

7.3
Der Glanz des Ewigen will sich wie eh und je gekonnt und zielbewusst auf deinen Scheitel legen. Du gehst einher als wäre nichts gewesen. Und bist

doch wie verwandelt in Bezug auf Feingefühl, Reaktion und sittliches Verhalten.

7.4

So sogleich will Ich dir erklären wie`s um Meine geistigen Begriffe steht im grossen ganzen wie im ganz besonderen von Meiner Bildung und Statur. Gewinnend sei, will Ich dir sagen und genügend aufgeweckt, dass alle, die dir so begegnen, von dir enchantiert sind und dich wie einen profilierten Solitär verehren.

Was Wunder, wenn du so etwas wie einen glühend-roten Kamm zu Markte trägst als Schöngeist und erhaben scheinender Gebieter über deine Ange-legenheiten. Kein noch so wohlgemeinter Vorwurf wird dich treffen, ohne dass dich dieser in der tiefsten Seele aufwühlt und dich stutzig, stotzig und stinksauer macht in der Niederlage des Gewissens.

Siehst du Mich an, so wirst du bald erkennen müssen, dass Ich im Gegenteil zu dir gewandt, empfindsam, sachgerecht und offen Bin für Infor-mationen, die Mich in jeder Hinsicht weiterbringen und Mein Renommee um ein erkleckliches ver-stärken und beglaubigen mit blauer Tinte auf apfelblütenfarbenem Papier.

Schreibst du, so müssen auch die Bögen grandios sein, die du mit deinen Schnörkeln, Schmankerl wie mit deiner Weisheit zierst, um deine Lieben auf den Punkt der glühenden Begeisterung, Willfährigkeit und Anerkennung zu putschieren.

Weichst du nicht aus, so muss dein Gegenüber schmählich und mit eingezognem Zierfisch weichen. Das mag für dich zwar schön und sinnig sein, doch in den Augen deines Kontrahenden benimmst du dich wie ein paniertes Rabenaas und bist von ihm für immer abgeschrieben.

Grundsätzlich Bin Ich nicht dagegen, dass du dich ein wenig wichtig nimmst, aber gegensätzlich ist es doch verglichen mit dem, was Ich an Bescheidenheit und geziemender Bewusstheit auf die Waage lege. Das mag frustrierend für dich sein, doch kannst du ja, wenn du nur willst, an Mir ein gutes Beispiel nehmen wie man sich benehmen soll einer Gottheit gegenüber, die sich auskennt in den himmlischen Manieren, die zu Wohlstand, Wohlfahrt, Herzenswonne und Beglückung führen. So sei denn so und trabe munter vor dich hin in Mein unendliches beseelen.

7.5

Planlos durch die Gegend schreiten will dir nie so recht gelingen, weil dich die handelsübliche Gedankenflut bedrängt und von dir wissen will, was du im Schilde führst mit jedem Schritt, dem du dich hingegeben. Eine wahre Kunst ist - das Wohin nicht zu bedenken, geschweige denn dem innewohnenden Woher nicht auf den Leib zu rücken, neugierig, konsequent und zirkular.

Meine Kräfte kann Ich dir jederzeit und ungebrochen zur Verfügung stellen, damit du mit dem Rudern auch gebührend vorwärts gleiten kannst in deinem Über-dich-Verfügen. Zuversichtlich, eklatant und probehalber lass Ich dich in Meinem Hofraum deine Runden ziehn und bediene dich dabei mit allerlei Finessen und Erbaulichkeiten, die deinen Lebensstil verändern und verbessern sollen, Meinem eigenartigen entgegen.
Es trifft sich gut, dass deine wie auch Meine Werte, Qualitäten und Bedürfnisse für einmal offen vor uns liegen. Damit können wir bedeutende Entscheidun-

gen und mustergültige Entschlüsse fassen, die uns für die Weiten wappnen, die wir im Äonenlauf noch zu erreichen haben.

Ich geh voran, doch später hab Ich dir zu folgen in den folgenschweren Schritten und Verästelungen die du unternommen hast nach deinem Gusto und Vergnügen. Dein Freisein hat dir das erlaubt und du besitzest auch den Schlüsselbund zu den bedeutungsvollen Unternehmungen in deinem Portefeuilles und herzinnigen Gehaben.

Zu viel Erde braucht der Mensch, will Ich hier sagen und dich damit auf die Fährte bringen, merklich weniger zu konsumieren. Ansprüche sind gut solang sie sich in klug bedachten Grenzen halten und wenn sie überborden, folgen ihnen Unheil und Verzweiflung, Verluste und Blamagen auf dem Fuss.

Dein Gezwitscher lässt sich bis Meine Himmelshöhn vernehmen worin Ich dich belausche und in deinem Tun bestärke, wo es sanft und seelenvoll, qualifiziert und für die Welt bestimmend war. Heil dem Tüchtigen und Glück dem Süchtigen und ewig Suchenden nach Mir.

7.6

Du Bist zwar in die Welt geboren, lebst und stirbst und dennoch geht dir das Bewusstsein nie verloren, das Ich dir wie Mir verliehen habe. Siehst du das auch so? Oder hast du deines wahren Seins Verhältnis und verehrenswertes Kabinettstück quasi ausser acht gelassen, ob der Masse der Verpflichtungen und graziösen Kitzelungen deiner Sinne, die dich dauernd an der Nase in die Irre von Mir führen.

Du straft dich Lügen, wenn du glaubst den wissenschaftlichen Beweis erbracht zu haben für den Lauf der Lebensdinge von der Wiege bis zur Bahre, um dann einfach aufzuhören, weil dir Hypothesen nicht gefällig sind in der Kunst nur gängigem und hängigem ein Sein zu attestieren.

De facto hast du damit auch Mein Gegenwärtigsein getrost ad acta und ad nichts gelegt in deiner Unverfrorenheit den Menschen Märchen aufzutischen über ihre geistigen Strukturen und Errungenschaften, die allesamt und alleweil in Mein Gebiet und Mein Gebieten fallen.

Ich dränge dich nicht her zu Mir, doch Ich schaue deine nie verebbende Bedrängnis an in Sachen Seinsverständnis und -gewissen die dir zumeist noch abgehn, trotz deinem virulenten Dich-Verwundern und -verwunden an dem Weltensein und -Wesen.

Offensichtlich stehn dir neue Hüte, Hütten und Kapuzen besser an als seelenvolle Kombinationen, die Mein Wort wie deinen Wortschwall auf die goldne Waage legen.

Dabei ist und bleibt es immer so, dass der Ursprung allen weltlichen Geschehns in Meiner Hände Obhut und Gedeihen liegt vom geisterfüllten nicht zu reden. Gerade das ist, was dich ständig hänselt und in deinem Seinsbild arge Ungewissheit und Verwirrungen erzeugt von unermesslichem Bedeuten. Du stocherst ständig in dem Brei herum, den du dir in Bezug auf Mich bereitet hast und wirst kein bisschen klüger daraus und darinnen.

Wie einfach ist es doch zu sagen: wende dich Mir zu und wie schwierig deinen Sinn zu wenden dorthin wo die Allmacht sich erhellt zur strahlenden Unendlichkeit von Meinem wie von deinem wonnevollen Götterwesen.

7.7

Sie erklären dich als vielbefangenen Versager, vor dem man nie den roten Teppich breiten kann. In die Kiste sollte man dich stecken, doch du verstehst es den Entschluss zu ignorieren und dich selbst als Vorbild hinzustellen von enormem Seinsformat.

Das Völkchen lernt sich vor dir brav zu fürchten und dich zugleich zu bewundern ob der Unverfrorenheit, mit der du täglich Katastrophen inszenierst, die sich dann in eigener Regie erfolgreich weitertragen. So etwas delikat verruchtes hat die Welt noch nie gesehn und will es schleunigst ausgestanden haben.

Ich weiss, es ist das Böse an sich das hier wütet und das in seiner Eigenart erkannt und blossgelegt, visiergelüftet und beschrieben werden muss, um es endlich auszumerzen in den Herzen derer, die verblendet an ihm hangen. Danach kann Mein Frieden wieder Einzug halten in der Masse der Gemüter derer, die vernünftig sind und sich dem Willen der Gesetze Meiner Art und Weise unterziehn. Noch immer dominiere Ich die Weltenszene und befehle was zu tun ist, um der Seinsgerechtigkeit und Liebe willen, die Ich etablieren will, allüberall, wo sich die Wesen Meiner Gunst und Wohlgefälligkeit befinden.
Mein Meer und Land ist von Erhabenheit und Geisteslicht durchwoben und hält sich in der Schwebe zwischen warm und kalt, hell und dunkel,

Sicherheit und Ängsten, doch im Wesenskern Bin Ich die Fülle aller Wonne, die sich das Sein an sich bereiten kann im Unergründlichen.

Was Ich vernünftig finde hat Berechtigung, Bestand, Bravour und Bienenfleiss im universenweiten Seinsgetriebe und sieht sich in Holdseligkeit gebadet, weil es stimmt und weil die Stimmung immer klangvoll, gütig und verbindlich ist in allen himmelweit agierenden Gemütern.

Ich gehe auf, wie dir der Morgenstern und sinke nieder, wie der rote Sonnenball am Horizonte, um dennoch niemals zu verblassen in der Lichtkraft, die Ich Bin, wie in der Seligkeit und Sicherheit, Befriedung und elysischen Bravour, die Ich im Geistesall aufs zärtlichste verstrahle.

7.8

Das Haar der Berenyce müsste schon noch etwas dünner sein, um durch den Bogen des Triumphs an dcn Champs Elyscos zu passcn. Da gilt cs, sich die Proportionen zwischen Erd- und Himmelsraum bewusst zu machen und die Kleinheit unsrer Grösse dem beschauenden Gewissen einzuschreiben.

Habt ihr mit eurem Plattdeutsch eben noch von Metern, Zoll und Yard gesprochen, geziemt es sich in Meinem Universum den Distanzen die Geschwindigkeit des Lichts zu unterlegen. Von Stern zu Stern, von Galaxy zu Galaxy sind unermessne Räume zu durchstossen, die dich jeder Vorstellung und Plausibilität berauben.

Leuchtet dich ein Sternchen aus der Ferne an, so kann es Meiner Sonne hundertmal ja tausendfältig überlegen strahlen als die altgewohnte, die am

Erdenhimmel steht. Astronomische Distanzen sind nur in Gedanken und mit neuerfundenen Begriffen und Vergleichen noch zurückzulegen.

Geduld bringt Rosen, wird gesagt, doch das Geduldigsein, hängt wie ein Klumpfuss an dem rasenden Gewissen, das sich das Menschenvolk in seinem Lebenseifer ins Gemüt geschrieben. Hast du in dieser Hinsicht auch Probleme, so schmiege dich den Meinen an, die sich ohne jeden Unmut mit Äonen zu befassen haben. Das gibt dann ein Bild von Seinsgeduldigem Erwarten wie von korrigierendem Elan von Tag zu Tag, von Millenium zu Millenium geduldig und getragen.

Was von dir erkannt ist, ist dir kundig für den Restfluss deines Daseins, wie noch viel darüberhin im Geistraum, den du zu durchmessen hast in deinen ungebornen Daseinsjahren.

Deine Stärke kann auch eine Schwäche sein, wenn es darum geht, das Verhältnis zwischen dir und Mir gebührend zu begreifen und dabei Hand an den Begriff des reinen Seins zu legen. Kann es für dich etwas überwältigenderes und begeisternderes geben als das Wissen, dass du Bist und dass dein Sein an sich, genau dasselbe ist wie Meins im Wonnesein, das sich die Götter ausbedungen haben.

7.9

Auf der Klaviatur des Seins zu klimpern verstehn sich noch recht wenige, doch alle müssten Mir nur auf die Finger schauen, um es dann perfekt und prachtvoll auch zu tun. Du glänzest nach der Art der Virtuosen und beglänzest dich so gut wie möglich, um vor aller Welt als Hirsch und Held und

Prachtskerl dazustehn. Das kommt dir sehr zustatten, wenn du endlich auch beginnst in Meinem Reich Debüt zu halten und eine Rolle oder wenigstens ein Röllchen mitzuspielen.

Was immer du zu tragen hast ist im Vergleich mit dem was Ich ertrage ein verschwindend kleines Quantum an erbaulicher Substanz im Lebensspiel. Und dennoch zählt es für dich wie für Meine Wenigkeit recht viel.

Nun solltest zu darauf bedacht sein, dass du dich nicht überhebst indem du Dinge tust, die nicht zu deiner Welt und deinem Seinsrepertoire gehören. Das leuchtet ein und wird doch massenhaft missachtet, worauf die Leute dann erstaunt sind, dass sie sich die Fingerchen verbrannt und angeschnitten haben.

Was immer du ergreifst soll Seinsergriffenheit verbreiten und somit den Einfluss Meinerseits zutage treten lassen. An Meiner Schlichtheit ist nichts auszusetzen, derweil du mit Pomp und Circonstances, Verwegenheit und Pralsucht auftrittst, um dein Renommee zu mehren und es lebenstüchtig zu erhalten.

Was Ich bringe zeigt dir, wie man etwas zum geölten Funktionieren bringt, um es dem Hausstand, Anstand und Bedeuten deiner Welt hinzuzufügen. Gerade das soll hinfort auch dein Habitus und Mahlwerk sein, mit dem du dich durch alle Büsche schlägst, die Ich dir vorgegeben.

Wie kannst du nur so bieder bleiben, statt dich hinter Meiner Seinsbeliebtheit und Belesenheit gebührend zu verstecken, damit du trotzdem gross herauskommt in den Seinsannalen um dich her. Mit Mir in Bunde ist es dir gegeben wahrhaft virtuos zu sein und damit letztlich doch noch statt dein Waterloo die reinste Paradieseswonne zu erleben.

7.10

Geliebtes Kind, wo gehst du hin, dort kann Ich dich gewiss nicht mehr behüten. Ragst du zu weit hinaus auf deinen Ästen, bricht einer flugs entzwei und du wirst recht unsanft auf dem Klinkerboden landen.

Was hast du vor, nachdem du Mich verlassen, willst du wohl ins Bodenlose fallen, wo dich keiner aufhebt, oder lässest du dich zeitig noch von Mir auf sichere Gefilde dirigieren.

Ich schwäche dich bewusst, damit dein Eigensinn zu Rande kommt und du dir`s überlegst, ob Meine Hilfe nützen könnte. Das ist bestimmt der Fall und öffnet dir gemeinhin Türen, von deren Existenz du bisher keinen Deut und Opus unterrichtet warst.

Ich stehe stets zu dem, was Ich im Zuge der Vernunft verlauten liess und brauche Mich der eigenen Worte nicht zu schämen. Das aber fällt bei dir noch öfters an, derweil die Meinen Raum gewähren für neues, ausserordentlich geschicktes und gehobenes Gedankenleben.

So und sogleich läuft das bei Mir ab und wird bald auch bei dir denselben Lauf beginnen, der zu Erfolgen von bewundernswerter Dichte, Dichtung und Beseelung führt im Andersartigen.

Ist es dir bekannt, dass es im geistigen Bezug genauso zu und her geht wie im geostatischen, so wirst du nimmer zögern, dich auf dieser Welle durch dein Dasein schwellen, schwingen und bedingen zu sehn.

Was willst du noch erobern, wo dich doch alles in die Richtung drängt die Ich dir längstens vorgegeben. Das erlöst dich dann von deinen Kalbereien und verhängt das Veto über alles, was noch nicht konform ist mit der Absicht, die *Ich* mit Meiner Seinsbeharrlichkeit und Götterklugheit hege.

Du wirst schon noch einsehn, wie die Lebensdinge laufen und zu laufen haben, um selbander sich zu helfen und den Treuebruch zu heilen, den du keckerweis an Mir begangen. Das ergibt ein gutes Omen und gefällig aufgemachtes Amen in der Mette die Ich ausgerufen und für alle zur Vollendung stilisiert und mit beglückem Salut und Seligsein versehen habe.

7.11

Langue de Grandmère kann mitnichten eine Delikatesse sein, selbst wenn sie frisch verstorben ist, Boeufzunge aber schon. Ich garantiere dir, dass Meine Fantasie nie aufhört fantastisch und erfinderisch zu sein wie anno dazumal so jetzt in neugeborenen und brachialen Perspektiven.

Dabei schäle Ich Mich aus Mir selber und verherrliche Mein überirdisches Talent, geistreich, unverschämt und zugleich züchtig zu sein, wenn es nur immer darum geht, die Augendeckel zuzuschlagen und den Wohlanständigen zu spielen.

Melancholie heisst bei mir „Seitenfluss" und wird so nebenbei ein bisschen durch Mein Sein getragen. Aber griffig wird sie nie, weil Meine Lebensfreude überwiegt und jeden Angriff kontert auf ihr blendend weisses Dekolleté.

Bist du mit Meinem Dekor unzufrieden, so reiss zuerst das deine ein, um dann wieder zu vergleichen, wer die besseren Chancen hat als Sieger aus der Kompetition hervorzugehn. Was wahrhaft gut ist sollst du ungeniert kopieren und dazu das deine fügen, um es noch brillanter und gefälliger, allumfassender und verzärtelter heranzuzüchten, als es vordem war.

Ich treffe jeden Nagel auf den Kopf, ob er im Balken steckt oder, wenn es denn sein muss, durch ein unvorsichtiges Fingerchen ersetzt wird, von den Zehenn nicht zu reden.

Meine Marke ist dem Brandy ähnlich in der englisch vorgetragnen Version und ist geneigt, Mein Brändlein anzufahren, statt zu löschen in der vollgestopften Bar.

So hat alles seinen Lauf und seinen Namen und verewigt sich in Meinem lauschenden Gemüte. Mich aber pflegt man zu verkennen, weil doch jeder noch so hoch gesprochne Name für Mich nicht ins Schwarze trifft, sondern weit daneben, derweil Ich eben Licht Bin, Universenweite, unfassbar, glücksseliges In-Mir-Geborgen-Sein und wonnevolles Mich-von-Mir-selber-Abstrahieren.

7.12

Eine Hirnschwarte, wer sie mag, und in ihr sind ein lebelang Gedanken herumgegeistert von Format oder wie sie eben in dem allgemeinen Leben in der Welt erscheinen. Hast du dir überlegt, dass die

Gedanken Wesen sind von eigenständiger Natur und dass sie dich, ob gut, ob miserabel, stets daran erinnern, dass sie *sind* und immerzu gepflegt sein wollen. Sie verbünden sich mit ihresgleichen und stecken andre an, um sich beständig zu entfalten bis sie von irgendwem mit Vehemenz vertreten und verwirklicht werden.

Spasse nicht über das, was du nicht siehst. Es könnte dir so manchen Nutzen bringen oder Schaden, wenn du nur mit wacherem Gemüt mit ihnen umgehn und sie bekämpfen oder fördern wolltest.

Eine Bitte an Mich auszusprechen lohnt sich alleweil, weil Ich sie lesend akquirieren kann und unbedingt bestrebt Bin sie entsprechend umzusetzen, was auch immer sie bewirken mag.

Was du kennst kann dir im Grund genommen nimmer schädlich sein. Du blickst ihm scharf ins Auge und kannst darin Wahrhaftigkeit und Wirrwarr bestens unterscheiden. Nichts steht dir ferner als bewusst dein Unheil hätscheln und Begehren zu wollen. Und dennoch tust du es, gedankenlos, verbissen, eigensinnig und ins Hochgebirg verstiegen.

Ohne gutes Schuhwerk wirst du radibutz in den nächsten Abgrund fallen, überstürzt und in der Regel recht fatal. Assoziire, dass Ich dir von Kopf bis Sohle hilfreich Bin in einer Werk- und Wirkgemeinschaft ohnegleichen.

Jede Tat, in Meinem Sinn getan, gereicht dir längelang zum Vorteil und gewährt dir Privilegien von sammetsamtner Folgerichtigkeit, die deine

Seinskollegen und -kolleginnen nur widewitt bestaunen können.

Bist du Besitzer einer Brille will sie auch brillant gepflegt und mit dem flauschigen Coupon gerieben sein, befreit vom Stäubchenfimmel, wann immer es dir nützlich scheint. Klarsicht ist vonnöten, so und so und so wie du es sehen willst und siehst in deiner Welt der Träume, Schäume und des inniglichen Wohlbehagens.

7.13

Wofür bist du bestimmt, wenn nicht von Grund und Boden aus dafür zu *sein* und nimmermehr dagegen. Mein Pensum ist: Aufbau, Diversität, Bücher aus Bananenschachteln ins Gestell gestellt, lebenstrotzend, mondial.

Ich zögre nicht vom Licht zur reden, wo die Biedermeier noch im Finstern stehn. An Meinem Munde hangen die die Fortschritt suchen und Gemeinschaft mit gottseligen Gemütern.

Gibst du alles her, um reich im Geist zu werden werf Ich dir das Meine in den Schoss, um deinen Eifer, deinen Mut und deine Zuversicht mit Geistesgold zu kühlen.

Verschiedenheit im Einen gründet sich bei Mir in penetranten Lettern an und macht dich darauf aufmerksam, dass Ich in allem was da kreucht und säuselt, vegetiert und prasst zugegen Bin in reiner Freundlichkeit des Weltenseins, das Mir seit je und je beschieden.

Planlos sollst du mit geplant vertauschen, digital an zweite Stelle setzen und an die erste analog, wo sich die Lebensströme in natürlicher Gelassenheit und Harmonie im Weltenraum verbreiten.

Wenn du pausierst kannst du Mich umso dreister und vergnügter auf die Pauke hauen sehn. Das macht Sinn, weil Meine Geisteskräfte nie erlahmen und allen, die sie nötig haben, vollumfänglich zur Verfügung stehn. Das nenne Ich, die Himmelsgrazie, dem Leben Zwick und Zwack zu geben vor und hinter der berühmten Geistestür.

Nicht alles was Ich bringe wird von dir goutiert, aber alles kommt aus der Besorgnis um dein Wohl und Wehe unter deiner Sternenkonstellation. Manche Feder rupfe Ich dir aus, damit dir neue, glänzendere wachsen können. Und wenn dein Krüglein bis zum Bruch zum Brünnlein geht, so siehst du Meine Garnitur, Grossmütigkeit und sprudelnde Gerechtigkeit am Sein und Leben wie zu Scherben krachen.

Djerba ist für Mich das Paradies, weil es sich auf Manna reimt, das Ich dir und aller Welt zum Herzenstrost gegeben.

7.14
Überstreifst du deine Aussicht auf Erfolg kann es nicht lange dauern bis du einsiehst, dass es ohne Mich nicht weitergeht auf deinen plattgedrückten Sohlen. Die Luft ging aus und niemand schaffte neue, wohlgepflegtere heran, um dich und deine Eigenart gehörig zu sanieren.
Meines Wissens neigst du dazu alles über einen Leist zu schlagen und deine Kräfte mit Blabla nichtsnutzig zu vergeuden, statt sie gehörig darauf zu konzentrieren was Ich will in weise-wissendem Zusammenfügen.

Für Mich ist jederzeit die Stunde der Wahrheit angebrochen, in welcher aufgedeckt wird, was verschwiegen und verheimlicht war und was zu Schlechtigkeit und Schlendrian, Komplotten und Verstiegenheiten führte.

In Meinem Reich ist kein Verstellen nötig, vielmehr stellt jeder seinen Mann und seine Dame und überzeugt die Lebewelt mit wunderbar geschliffenen und angepassten Taten. Doch in deiner grüssen sich die guten Häschen auch zur Nacht, wenn`s niemand sieht, wogegen andre abgewandt vorüberhoppeln.

Konkret gesagt ist Höflichkeit an *Meinem* Hof unübersehbar und durchsäuert angeschrieben, damit sich bodenständige Manieren bilden und die Schafe auf derselben Weite mit den Wölfen ihren Appetit vergrasen.

Das Köstliche grassiert in Meinem Liebesgarten und dem Minutiösen wird erhebliche Bedeutung und Bewährung zugestanden. Nichts steht bei Mir herum, was Ärgernis erregen oder Stolpereien küren konnte. Die Fliesen sind blitzblank gescheuert und die Fliegen fliegen so galant herum, dass sie Bewunderung statt Abscheu und Geklapps erregen.

Was Ich biete ist von keinem noch so figalanten je zu überbieten. Mein Gürtel ist mit liebevollen Gesten und Empfehlungen bewehrt, statt mit Platzpatronen. Nun fange endlich an, statt zu dir zu Mir zu kommen und das Wunder zu erleben, dass du in Mir *Bist* ein Geschöpf der Andacht vor dem Herrn der Welten und ein liebenswürdiger Gespan von Meinen weltenschaffenden Intentionen, wonne-

vollen Dienstbarkeiten und Verdiensten im seins-
beglückenden System.

7.15
Ich Bin, was immer Weise ist, entzückend und
erhaben. Meine Schultern sind dazu geeignet und
befugt Welten zu gestalten und ertragen. Ich kenne
keinen der so hingerissen, dienstbeflissen und
gekonnt agieren kann wie unsereins in allergrössten
Zügen.

Ich Bin Mir selber hell und heil im Hin-und-wider-
Gehn, um Meine Pappenheimer einzufangen und
ihnen eine Lehre zu erteilen von besondrer Wucht
und überirdischem Begaben.

Ich kneife noch wo andere ihr Zänglein längst
verschachert und verloren haben und stelle alles in
den Schatten, was da *ist*, ob Meinem universenweiten Sonnenstrahlen.

In Meinem Hosenbein zu stecken ist für dich wie
Mich ein so bedeutender Gewinn, dass darob die
Freudentränen wie Anton und Patricia die Rosen-
wangen überfliessen.

Ein Rädelsführer Bin Ich nicht, jedoch ein ständiger
Ermahner zum Gerechtsein an der Welt in die Ich
dich hineingeboren. Schabernack wird bei Mir nicht
getrieben, aber Streusand übern Strand gestrichen,
dass die Augen brennen derer die zur Unzeit noch
an ihm spazieren gehn.

Meine Würfel sind zutiefst gefallen, derweil Ich
diese wissentlich und willentlich weit aus der hohlen
Hand schüttelt habe. Das macht Sinn indem die

ehrenwerten Äuglein bei Mir mehrfach zählen und den Sachverhalt zu Meinen Gunsten schieben.

Du bist gut, wenn du noch glaubst, ohne Mich ins jenseits aller Übel und Verdächtigungen, klappernden Befunden und riskanten Abenteuern zu gelangen. Eine solche Illusion sollst du nicht weiter pflegen, weil du dir damit den Weg verbaust zu Meinen überirdisch angelegten Götterregionen.

Ich fasse Mich so kurz wie lang im strahlenden Gedicht zusammen, das Mir wie Honigsein im sinnenden Gebet bewusst und liebreich von den Lippen fliesst. Das mag auch dich, in Sphären der elysischen Behutsamkeit erheben und deine Züge glätten wie sie nimmer glatt und lustig waren. Ich schenke dir was Wohlbekömmliches von Mir und trage dich damit hinauf in Meine hocherhabnen, lichterfüllten und beseligenden Himmelssphären.

7.16

So wahr Ich Bin sind alle Meine Kräfte auf das Ziel gerichtet mehr zu werden als Ich vordem war und vor Mir selber als ein Held der Zuversicht, Gelassenheit und Geistesfülle zu erscheinen. Ich trete auf wie einer, der sich selbst erkannt hat, doch nun tret Ich ab an diesen Tag und werde vordem noch gehörig feiern mit Bratwurst und Falaria.

Das Plansoll ist erfüllt, wo Ich das Sagen habe. Mit Missmut sollst du deine Augen nicht zu Mir erheben, weil sie trübe sind und dir die Welt von Grund auf von der krassen Seite zeigen. Da ist es Meine Pflicht und Schuldigkeit dir wieder auf den Damm zu helfen und dir beizubringen, wie man Heiterkeit und Lebensliebe, Wohlgemutheit und Vertrautheit mit dem Ewigen kreiert.

Es muss der Sinn in deinem Sinnen leben und die Wachheit muss als gutes Sternbild über deinem Haupte walten. Immer strahlender und konsequenter darfst du Mich und Meine Sippschaft in des Gottes Plan und Wunderkraft erleben.

Was dir an Mir gefällt wird dich wie in ein Zauberland erheben und dir die Güte offenbaren, mit der Ich allen Welten gegenüber operiere, die Ich Mir bewusst erschuf.

In Tat und Wahrheit gibt es nichts, was Mich davon enthält, dir Meine besten Karten auszuspielen, weil Ich dich auf jeden Fall gewinnen lassen will, in dem ereignisvollen Weltenspiel.

Ich horche und gehorche dir aufs Wort, wenn du nur voll Vertrauen Mir zur Seite gehst und dich darum bemühst deine Pflicht und Schuldigkeit Mir gegenüber zeitig zu erfüllen, mit dem Uhrband um das Handgelenk geschlungen.

Was ein Riese bist Bist du, wenn du nur tüchtig darauf achtest Meiner Willenskraft in dir gemäss zu handeln und auf Meiner Wege Mittelstrich fürbas zu gehn. Es kommt wie's kommen muss sollst du nie sagen, sondern: es kommt, wie *Ich* es will in Meinem Dezernat und mit dem Willen götterlichtes zu vollbringen.

Weiche der Versuchung nimmer aus, sondern überwinde sie indem du ihr das Gute abnimmst, das sie für dich bedeutet und das Schlimme ignorierst im Handumdrehn. Deine Tage sind gezählt, doch wenn sie in Mir enden hört das Zählen auf und du darfst dich im Unendlichen erfühlen, das Ich Bin und an dem du dich erfreuen kannst in der Geliebten liebevollem Chor.

7.17

Wie ein seinsgeladenes Gewitter fegt Mein Weltenwesen überall dorthin wo gestritten und gelitten, aufgebracht und eingehämmert wird in allmenschlicher Manier. Hoch verschuldet bist du, wenn es darum geht deine guten Taten an den Fingern abzuzählen. Viel minderwertiges, bedauerliches und pompöses kommt dabei heraus, das nichts als Schaden stiftet in den Daseinsräumen und den darin von Mir gehätschelten Kommoditäten.

Wahllos und unzufrieden solltest du dich nimmermehr zur Ruhe legen, denn unter diesen zwitterhaften Sternen wird sie schal und seinsbanal. Da gibt es würdigeres, um dich bei guter Laune wie auf Trab zu halten in den Traumgefilden, welche du im Schlaf durchwanderst und durchlebst.

Kontinuierlich sollst du Mir und Meinem Duktus näherkommen und in ihm sowohl das Ende wie den strahlenden Beginn neuer Aktivitäten und Errungenschaften finden. Was immer du dabei gewinnst soll dir zum Freudenfeste werden in dem Dasein, das du Mir zu Ehren führst.

Ich bekenne Mich zu dir genauso wie du dich für Mich erkenntlich zeigen solltest, wenn wir uns

begegnen auf dem Tanker in der Hormusstrasse oder sonst im Weltmeer irgendwo.

Deine Kompanie mit Meiner Gegenwart im Grünen soll befruchtet und sein und dem Ereignis angemessen, das sich im gegebenen Momente zwischen uns vollzieht. Damit kommt es zur Synthese zweier hochgeladener und wirkungsvoller Wesen, die sich auf ihr Sein besonnen und es auch aufs Trefflichste verwirklicht haben.

Geht bei dir die Sonne auf so geht sie bei Mir niemals unter, weil Ich sie selber Bin in Meiner Kugelform und Meinem abgerundeten Benehmen. Somit kannst du dich bei jedem Vorfall strikt auf Mich beziehn und Ich werde dir gebührend aus der Patsche helfen in die du wieder eingetaucht und fast ertrunken bist im Rahmen deiner multiplexen Unbeholfenheiten.

Deine Haare will Ich bürsten und dein Wonnesein aufs Köstlichste vermehren zwischen dir und Mir im Andersartigen.

7.18
Vom wo Ich dich begrüsse zeigt sich Wohlgesonnenheit und Daseinssüsse von Format in dem die Götter sich verweilen. Abgebaut sind alle Klischees von Behinderung und Unvermögen und Ich stehe rein und geistvoll mitten in des Götterseins Bravour.

Was du von Mir lernst ist Leben aus der Fülle universenweiter Tätigkeit und Observanz, Bildekraft, Buchstäblichkeit und daraus geformtem Wortbesagen.

Ich Bin der Held des Tages ebenso wie der der sonnenblinkenden Äonen, deren Sinn auf Seinsbeglückung, Herzensjubel und Vollendung steht.

Wovon Ich träume wird im nächsten Frühjahr wahr und was Ich Mir ins Hinterhaupt geschrieben, kommt mit Glanz und Glorie zum Vorschein, schöner kann es niemand meinen.

War es just an Mir, so ist es nun an dir dem Weltsein Form und Farbe, Figalanz, Vorbildlichkeit und Sonnenklarheit zu verleihen. Wie immer schaffend du dir Luft verschaffst muss aus deinem Können, deiner Seinsnatürlichkeit wie deiner Wohlgesinntheit tätiges Erbarmen strömen allem gegenüber, was da *ist* und sich im Wohllaut einer götterherrlichen Parade leis versingt in der Unendlichkeit der Göttersphären.

Kalamitäten kann es hier nicht geben, weil die Qualitäten aller vifen Geisterscharen auf einander abgestimmt und eingeschliffen sind nach Meinem Mass und Meiner Würde im gottseligen Befehlen. Es lieben sich die Seinsakteure schon vom Grund aus und dann noch viel inniger in den Behauptungen die sie sich freien Sinns erwählt und ausgeklügelt haben.

Meine Mitte hat sich längst im Sternenkreis verloren, den Ich mit Myriadenkraft und Güte, nimmermüd und seinsmobil um Mich gebreitet habe. Das ist Meine Wesenswelt und wird mit dem entsprechenden Elan in Kürze wie in Länge auch die deine sein im Alles-Überragen. So kommt es und so macht sich Meines Willens Geste breit im liebevollen Mich-ins-Universum-Breiten.

7.19
Juhei, juhaa, de Bölimaa, habt ihr als Kinder einst gesungen. Dann aber ist es ernst geworden und in deinem Leben ist die Güte Gottes eingezogen, um dich zu verwandeln in ein Wesen von Verbind-

lichkeit und Klugheit, Regelmässigkeit und Wachheit allem gegenüber was da *ist* und was zur Entfaltung aller Welten seinen fulminanten Beitrag leisten soll.

Gerade das ist deinem Werkplan und Bestreben auch beschieden, dass du dich als gottgesegneter Erbauer und Entwickler siehst auf der Ebene der gottseligen Gemüter die den Ursprung und den Zweck des Universenseins zutiefst begriffen haben.

Du wolltest viel, doch schliesslich musst du alles wollen, was *Ich* will in Meiner Eigenschaft als Pancreator und Beherrscher des Panoptikums, an dem sich die vernünftig und agil gewordenen Gemüter wohlgefällig weiden.

So geschieht es, dass aus dem Nichtig-Scheinenden das Kosmische entsteht das sich in grandiosen Seinsgebieten und Geburten, unermesslichen Kaskaden wie auch himmelstrebenden Entwicklungen entlädt zum Wohle derer, die am grossen Ganzen ihren minikrimen, aber virulenten Anteil haben.

Willst du das mit Inbrunst, Herzensgüte, Gutmütigkeit und Willenskraft begrüssen und mit deinem Anteil redlich und gewissenhaft begiessen? Das kann nicht anders sein, derweil du Bist in Mir und Meinem Schaukelspiel ein eminent und unabdingbar wesentliches Ingredenzium auf das Ich Mich veranlassen will und kann und dem Ich schon vor aller Zeit die Gabe der Empfindung und Erfindung regelrecht und seinsverbindlich zugehalten habe.

Für Mich ist es ein Fest des Schöpferwillens und der geistigen Realität, die sich an alles, was da *ist*, heranmacht und ihm götterlichte Züge, Zuckungen und Ebenmässigkeit verleiht, die sich in allen gottbeseelten Regionen wahrlich, freilich und empfindlich sehen lassen können. Wir vom Dienst sind alleweil aufs Zärtlichste und Zierlichste gewissenhaft verbunden und leisten das Erhebliche in vollem Einklang mit den liebevollen Göttersphären.

7.20

Errate wer du Bist und schon ist das Erratische in dir, das dir den Weg zu Mir versperrte, wie von Zauberhand hinweggetragen. Es strahlen deine Augen allen Menschen, die dir hier begegnen, Seinserhabenheit und Wohlgemutheit zu, die sich in Seinsgedankenfrische und Natürlichkeit aus dir entladen.

Allmählich hast du dich gewöhnt daran wie ein gottseliger Prophet und Wachmann an dem Port zum Himmel zu agieren. Du lässest ein, was sich zur Seinsverständigkeit und gloriosen Ganzheit, Liebenswürdigkeit, Wahrhaftigkeit und Herzlichkeit entfaltet hat und schickst zurück, was sich noch nicht der Seingerechtigkeit verschrieben.

In Mir und Meinem Ressort sind die relevanten Lebensdinge wohlbehalten, selektiv und minutiös an Meinen Universenplan und Wortlaut angeschlossen. Sie ergötzen dich sowie du ihrer sichtig wirst und behaupten sich vor dir und dir zulieb im Köstlichsten Erlaben.

Ich habe dir Kredit mit auf den Weg gegeben so viel, dass du alles, was du immer willst, in freiem und gewissenhaften Wahlrecht unternehmen kannst vor Meinem wachen, gütevollen Dich-Gewahren. Was du Mir anvertraust erledigt sich in sichtlicher

Grandezza am gottseligen Geschehn und überzeugt dich von der Fähigkeit an sich mit der Ich ständig Neuwert und Entschiedenheit, kapitale Meisterwerke und Preziosen produziere.

Schlag auf Schlag entzünde Ich Mich an der eignen Schaffenskraft mit der Ich Tag für Tag den Universenlauf und Richtwert dirigiere. Mein sind die himmelweiten Sterngeschwader wie das seinsnatürliche Gelichter, das sie, ihrem Sinn gemäss, in aller Stille und Gestilltheit offenbaren.

Was Ich erwäge und erwähne macht auch eine Menschheit gängig und entschieden grandios mit ihren unvergesslichen und meisterhaften Gesten, einem freien und befriedenden, manierlichen und gloriosen Weltsein liebevoll entgegen.

Das ist Mein götterherrliches und sakrosanktes Unterfangen und soll gewiss auch deines werden in der Weltenzeiten Wohlstand und glückseligen Bravour.

Ludwig Weibel, geboren 1933
Lebt in CH-9200 Gossau/St.Gallen
Homepage: www.das-sein.ch
E-Mail: ludwig.weibel@hispeed.ch